F.P.A

Billie Sheldon

F.P.A
(Fin de Parcours Assumée)

La mort pour tous !

ISBN numérique : 9791040530398

EAN papier : 9791040530404

Librinova

Courriel : contact@librinova.com
Internet : www.librinova.com

F.P.A.

Au premier abord, cette entreprise construite sur un terrain gravillonneux ressemble à s'y méprendre à une maison contemporaine plain-pied, ossature bois. Mais c'est parce qu'il était impatient de démarrer son activité mortifère que l'autoentrepreneur à l'origine du projet a porté son choix sur ce type de structure rectangulaire : pour sa rapidité de mise en œuvre et ses larges volumes intérieurs qui ont permis l'installation d'une piscine sur toute sa longueur. La société « Ice Pool », détenant une note de 3,5 sur Google, est l'un de ces nombreux prestataires de service proposant une solution originale, une solution pimentée, une solution « rock n roll » pour celles et ceux qui souhaitent faire valoir leur droit à la FPA. À l'origine réservée aux malades incurables, aux personnes âgées ainsi qu'aux dépressifs de plus de cinquante ans, la « Fin de Parcours Assumée » (au départ nommée « Fin de Parcours Assistée ») avait été étendue à toutes et à tous au lendemain de ce tweet *validatif* du Président de la République de l'époque :

« Au fond, quelqu'un qui se suicide c'est quelqu'un qui veut préserver la meilleure partie de lui-même. Il faut le comprendre, cet acte a une certaine noblesse ! ».

Placardée dans les halls d'accueil de tous les centres FPA, tant chez les établissements publiques « Soft Dead Solution » qu'au sein des prestataires privés comme « Ice Pool », cette « citation certifiante » fait office d'autorisation. Une autorisation officielle, un blanc-seing mortifère délivré par la préfecture et permettant aux sociétés privées l'exécution des Fins de Parcours Assumées.

Ice Pool, avis Google :

Stéphane, 4 étoiles : « Une amie a fait sa Fin de Parcours Assumée dans ce centre. Le lieu ne paie pas de mine, se situe dans un endroit tranquille et la piscine est très bien entretenue. Le personnel est accueillant et serviable. Très agréable pour celles et ceux qui veulent mourir par noyade »

Laura, 3 étoiles : « J'ai accompagné un ami qui a souhaité y faire sa FPA. La piscine est plutôt petite. Le personnel est très strict : interdit de courir pour plonger dans la piscine. On doit rester au bord et plonger mais ça reste la piscine idéale si on veut se donner la mort par noyade sous une couche de glace »

José, deux étoiles : « Ma femme y a fait sa FPA. La piscine n'est pas équipée du tout, il y a juste cette couche de glace et basta ! ! Le personnel est désagréable et l'eau est dégoûtante. Ne venez jamais mourir dans cette piscine ! ! ! À FUIR ! ! ! »

Kim, 5 étoiles : « Bon prestataire qui offre une façon originale de réaliser sa FPA sous le regard curieux des badauds qui s'amassent derrière la grande baie vitrée »

C'est ce dernier commentaire qui a retenu son attention, c'est ce dernier commentaire qui a motivé son choix. Ce dernier commentaire a décidé Lory à choisir « Ice Pool » comme prestataire d'exécution de sa Fin de Parcours Assumée.

Absent pour la journée, Ruben, le gérant, a confié les rênes de son bassin gelé à ses deux petits frères inexpérimentés. Deux ados maladroits. Le premier, à l'accueil et à l'accompagnement, le second, dans le local technique aux commandes des groupes froids permettant à l'eau de geler. « Vous ne sautez pas ? », lui demande cet adolescent vêtu d'une doudoune rouge Canada Goose. Même en dehors de l'eau, la température est négative. Grelotant dans son smoking, debout au bord de cette piscine recouverte d'une épaisse couche de glace, Lory GAULAUX regarde vers la baie vitrée et lance, agacé : « Bah j'attends. Y'a pas des gens qui regardent, d'habitude ? ! ». « Bah...c'est eux, les gens », répond l'ado en désignant du menton une poignée d'opposants à la FPA qui viennent de s'amasser devant la baie vitrée. Présentés par les médias comme des « extrémistes catholiques, passéistes et moyenâgeux », les actions de ces opposants à la *Fin de Parcours Assumée* ne se limitent pourtant qu'à ces « anesthésiques » manifs à l'américaine : des contestations softs, inoffensives et un peu bruyantes. Ou le micro rassemblement d'un petit nombre de personne disposant d'assez de temps libre pour venir tourner en rond en brandissant des pancartes en carton. Face à l'absence de « vrais » badauds, Lory ne cache pas sa déception. Le « rigolo de la boîte », ce clown d'open space de quarante-sept ans en représentation permanente aurait souhaité partir comme un bouffon, offrant au monde sa dernière prestation dans un ultime gloussement, dans un dernier plongeon. Concentré, il demeure imperturbable malgré ces slogans hurlés par les manifestants derrière la vitre : « Non à la FPA ! ! Non à l'Uberisation du suicide assisté ! ! Non à l'Uberisation de l'euthanasie ! ! La FPA n'est PAS un droit fondamental ! ! La Fin de Parcours Assumée est une aberration ! ! ! ».

Le carré découpé sur la surface gelée n'est pas assez large pour lui permettre de plonger. « Pfff, c'est vraiment mal foutu votre truc ! », peste Lory. « Vous pouvez sauter à pieds joints ! », lui lance le grand frère depuis le local technique tout en surveillant les indicateurs sur les compteurs des refroidisseurs. L'aspirant au suicide inspire profondément avant de plonger un premier pied dans l'eau, puis un deuxième. Un glacial frisson électrique lui coupe le corps en deux, du pied à la gorge :

— Putain...c'est froid...Hey, vous êtes sûrs que l'eau est vraiment gelée ? Parce qu'on dirait que la glace bouge, là ! ! *Demande-t-il en pénétrant progressivement dans l'eau.*

D'un bout à l'autre de la piscine, les deux ados échangent un regard embarrassé. Après avoir jeté un œil sur les compteurs des refroidisseurs, le grand frère affirme : « Si si, c'est bon, c'est bon, ça a bien gelé ! ». Dans l'eau jusqu'au cou, Lory ressent un doute quant à la qualité de la prestation promise par Ice Pool : « Mais il est où le gérant ? ! Il est où Ruben ? ? C'est à lui que j'ai payé ! ! ». « Ruben il...euh...il a eu un empêchement aujourd'hui, il sera là demain...mais ne vous inquiétez pas, on gère, on gère ! », assure le petit frère. Faute de n'avoir profité comme il l'aurait souhaité de sa liberté sexuelle au cours de ses quarante-sept dernières années, cette dernière impliquant un principe de réciprocité avec l'autre sexe qui n'a jamais regardé ce clown d'open space plus de deux fois, Lory se décide à aller au bout de sa liberté mortifère en faisant valoir son droit à la FPA. Il inspire une seconde fois avant de disparaitre volontairement sous la surface gelée...pour réapparaitre à l'autre bout du bassin en brisant la surface sans aucune difficulté : « PUTAIN ! ! ! La glace est molle ! ! ! Impossible de mourir noyé sous cette glace molle ! ! ! Vous m'avez arnaqué ! ! ! ». Paniqué, le grand frère appuie de manière aléatoire sur les différents boutons des groupes froids électriques : « Euh...si si, y'a dû avoir un bug, euh... ». Le petit frère resté sur le bord du bassin tente de sauver la situation : « Monsieur, nagez vers la droite, la glace est plus dure vers là-bas ! ». Lory s'exécute, non sans pester, il plonge de nouveau sous l'eau avant de refaire surface au bout de quelques secondes, le haut du crâne coiffé d'un chapeau de glace molle : « Je ne pourrais jamais mourir noyé là-dessous ! !

Votre couche de glace ne tient pas ! ! ! Appelez Ruben, je veux être remboursé ! APPELEZ RUBEN ! ! », hurle-t-il en s'extirpant du bassin, trempé, le corps gelé, et sous les rires de ces opposants à la FPA qui se délectent derrière la baie vitrée de ce spectacle lamentable. Fuyant ce nouveau clash client, le petit frère court rejoindre son aîné dans le local technique. Le mal-suicidé en smoking se dirige vers eux, frissonnant et claquant des dents : « Je...je...putain...je vous jure que vous...que vous allez me rendre mon argent ! ! ! ». Enfermés à l'intérieur du local, les deux frangins répondent : « Faudra voir avec Ruben, c'est pas de notre faute ! ! ». « Je veux mon argent ! ! ! », hurle Lory en tambourinant sur la porte, furieux : « J'VEUUUUX MOOOON AAAARGEEEENT ! ! ! ».

**
*

Une « tâche sereine qui fait du bien », c'est ainsi que Paul HAMPLOUA, vingt-trois ans, un blond longiligne taillé comme une asperge, les cheveux raides et mi-longs, des lunettes rondes, une allure de fils de bonne famille au look classique mais soigné, envisage sa mission au sein de cette agence FPA « Soft Dead Solution ». Les *Soft Dead Solution*, les « SDS » dans le langage courant, sont des espaces sociaux, des centres FPA d'Etat gratuits pour celles et ceux qui souhaitent exécuter leur Fin de Parcours Assumée. Contrairement aux prestataires privés, ici, les clients ne versent pas un seul centime pour mettre fin à leur parcours. Tout est pris en charge par l'état. Ou comment le *planning sépulcral* a remplacé le *planning familial.* Si les SDS ont l'avantage de proposer des solutions douces au « départ » (le principe étant de s'installer confortablement à l'intérieur d'une capsule au design futuriste diffusant un flux d'azote contenu qui provoque au bout de cinq minutes la mort sans souffrance de son occupant), ils sont de plus en plus désertés, les gens préférant une manière plus rock 'n' roll, plus pimentée, plus tapageuse et plus visible pour faire valoir leur droit à la FPA. « Les SDS, c'est pour les cassos », peut-on entendre dans les conversations courantes. Le SDS, c'est un peu le resto du cœur de la mort sur commande. On s'y rend sans publicité, la tête baissée, en espérant que personne ne nous reconnaisse. C'est dire où on en est. « Le boulot est simple. Je vous demande seulement de passer un coup de chiffon sur les capsules en fin de journée. C'est peut-être pas grand-chose, mais c'est HYPER important ! », lui avait dit Toufik, le gérant, avant d'embaucher Paul HAMPLOUA, cet individu passif, aussi réactif qu'un mollusque et dont les anciens employeurs se rappellent comme « d'un jeune type qui a deux de tension ». Un « décrocheur permanent » qui n'a jamais réussi à tenir un job plus de quatre jours.

La fin de journée reste son moment préféré, les opérateurs aux commandes des capsules mortifères ont terminé leur service, Paul se retrouve seul dans cette agence située sur la place commerçante d'un de ces nouveaux écoquartiers à l'architecture glaciale et cubique. Un univers *Starship Troopers* aseptisé de toutes bactéries où même les arbres, disposés de manière stricte, semblent avoir été rincés à l'eau de Javel. Ce centre SDS avoisine le petit supermarché du coin, l'opticien, le resto lounge et un bureau de tabac. Disposées en épis derrière la grande vitrine, les capsules mortifères sont visibles depuis l'extérieur. Ce que Paul apprécie particulièrement dans sa mission c'est le contact entre la capsule et le chiffon. La surface est lisse, un seul passage suffit à lustrer les sarcophages, la trajectoire du chiffon ne souffre d'aucune obstruction. Si Toufik avait insisté sur l'importance de cette tâche c'est parce qu'une fois séparées de leur support, ces capsules transparentes servent également de cercueil. Ces dernières doivent donc être impeccablement lustrées afin d'être dignement exposées pendant la veillée funèbre. Le passage de chiffon doit être effectué avec attention, avec considération, avec égard et efficacité. Le jeune homme prend donc sa mission à cœur, la vision de ces défunts qu'il aperçoit raides et allongés à l'intérieur de ces sarcophages high tech l'indiffère. « On dirait qu'ils dorment », avait-t-il pensé, la première fois. C'est d'ailleurs ce dernier point qui avait motivé Toufik à l'embaucher après s'être assuré que le jeune homme n'avait ni projet de départ en vacances, ni projet de départ en décès. « Vous n'avez pas prévu d'effectuer votre FPA dans les semaines ou les mois à venir ? Parce que c'est un contrat en CDI que je vous propose. Donc si vous avez prévu de mettre fin à votre parcours, il faut me le dire », lui avait demandé Toufik. « Soyez rassuré, je compte rester en vie encore un bon bout de temps », avait répondu Paul HAMPLOUA, d'un ton monocorde.

Le son des phalanges frappant contre la vitrine agit sur lui comme un stimulus qui le sort de sa léthargie. Jusqu'alors inerte, tel un organisme mental sans conscience, cet individu avachi comme un clodo à côté du centre SDS se réveille, ou plutôt, se réanime. Le zombie se lève, ramasse - non sans difficulté - sa pancarte revendicatrice et se dirige vers ce client de dernière minute pour scander d'une voix fatiguée, sans conviction, lui-même n'y croyant plus : « Non à la FPA...Non à l'Uberisation du suicide assisté...non à...non à l'Uberisation de l'euth..de l'euthanasie... ». « Putain...mais ces gens-là ne travaillent jamais ? ! Ils n'ont que ça à foutre ? ! », lance Lory, agacé, dégoulinant dans son smoking, à l'attention de cet unique militant anti-FPA, croulant et vieillissant, devenu avec le temps une figure incontournable du quartier. Le mal-suicidé toque de plus en plus fort pour attirer l'attention de Paul. De sa lenteur habituelle, le roi du chiffon se présente à la porte, pile au moment où il s'apprêtait à baisser le rideau de fer : « Oui ? ». Frigorifié, claquant des dents et empruntant le ton mielleux d'un type qui a conscience de demander un truc pas clair, Lory GAULAUX quémande : « Bon...bonsoir, excusez-moi, je...j'aimerai effectuer ma FPA, si vous avez encore de la place... ». Ce genre de situation, Paul s'y était préparé, Toufik l'avait prévenu contre les clients de dernière minute : « Tu as toujours des clients relous qui se pointent juste avant la fermeture pour mettre fin à leur parcours. Alors, tu te prends pas la tête, tu les dégages ». Passif, les bras le long du corps, Paul répond :

— Bah on vient de fermer, là.

— Vous fermez à 19h, il est 18H50.

— Les opérateurs sont déjà partis. Je suis tout seul.

— Mais vous ne pouvez pas mettre fin à mon parcours ? Je veux dire, ça ne doit pas être très compliqué de faire fonctionner une de ces capsules.

— Bah...je...

— S'il vous plaît, y'en a juste pour cinq minutes ! Je prends place à bord d'une capsule, vous actionnez la machine et puis ayé, terminé !

— Je...je ne sais pas, je...

— S'il vous plaît. J'étais censé mourir chez Ice Pool mais ça a foiré. Je me suis fais arnaquer.

— Ice Pool ? Hum...ils ont pas mal de commentaires négatifs sur Google...

— J'avais prévu de mettre fin à mon parcours aujourd'hui et...ça ne m'arrange vraiment pas de rester en vie !

Théo

Tutoriel !

L'application « Théo », comment ça marche ? Une procédure simple, d'un cynisme *Paul Verhoevenien* ! Préinstallée sur Smartphone, compatible sous iOS ou Androïd, *Théo* est une appli utilisée par des millions de *courts-termiste* (terme générique désignant les individus qui ont une vision réduite de la vie) aux profils divers : des dépressifs, des personnes âgées, des malades incurables, des adolescents et / ou pré adultes nihilistes, des personnages publiques numériquement lynchés, des cyber harcelés, des traumatisés mal reconstruits et des harcelés tout court. On y trouve aussi des cœurs brisés, des sans-espoirs, des salariés soumis, lâches et frustrés. Il y a également ces fameux dépendants économiques, ces rêveurs-losers de salariés au cul marbré dans leur obscène zone de confort qui rêvent un jour (merci Instagram !) de devenir des entrepreneurs à succès, totalement indépendants et libres de toutes contraintes financières. Également présents, des individus focalisés sur la douleur, l'échec, la déception, la contrariété et la frustration ressentie à l'instant T. Ceux-là échouent à se projeter au-delà de la souffrance éphémère et entreprennent de mourir « parce que cette fois, trop c'est trop ! ». Ces derniers n'ont pas la curiosité *d'attendre demain* pour savoir si oui ou non, tout ira mieux. Enfin, et plus simplement, il y a des individus de tout âge qui estiment avoir suffisamment vécu, être arrivés au bout de leur *To do list* et qui décident de mettre fin à leur parcours à un moment donné, de manière totalement libre et assumée.

L'utilisation de Théo est d'une simplicité enfantine...si effrayante. L'application une fois ouverte, on découvre une interface simple et sobre qui va droit à l'essentiel. En affichant l'heure locale, la date et l'année, *Théo* permet à son utilisateur de programmer sa FPA en définissant lui-même la date de son choix sur son écran, du bout de son index. La date et l'heure sélectionnées, on choisit ensuite - via une liste déroulante - le prestataire public ou privé qui va exécuter la FPA, puis on touche « Valider ». Prudent, *Théo* demande à son utilisateur une ultime confirmation : « Êtes-vous sûr de vouloir mettre fin à votre parcours à la date du ** ** ** ? ». OUI – NON. On touche « OUI », la date est enregistrée. Avec *Théo*, une FPA est programmable des années à l'avance ! Il est même possible de choisir sa date dans un premier temps et son prestataire dans un second (même après avoir cliqué sur « Valider »). Le jour J, réception sur son smartphone de la fameuse notification « D DAY ! ! ! » qui apparaît sur l'écran suivie du refrain « Libéréééée délivréééée ! ! » chanté par le téléphone. Il est à noter que *Théo* n'offre pas la possibilité de modifier cette sonnerie « Parce que Libérée délivrée, c'est l'identité sonore de l'appli, et, en plus, ça tuerait l'esprit du truc », avaient estimé ses concepteurs. Ensuite, où que vous soyez, Théo vous géolocalise et vous envoie un chauffeur Uber pour vous conduire sur le lieu d'exécution de votre FPA. La date et l'heure de la FPA sont modifiables ET ANNULABLES à tout moment, même le jour J...sauf après la réception de la notification *D DAY ! ! !* « Libéréééée délivréééée ! ! ». La réception d'une telle notif n'oblige pas son utilisateur à mourir, cela serait d'une cruauté sans nom, piétinerait tous les principes et idéaux de nos sociétés démocratiques, mais, plus grave encore, une telle contrainte irait à l'encontre de la liberté de chacun à disposer de son corps comme il le souhaite. Par conséquent, une annulation à postériori est évidemment possible, cependant, l'utilisateur devra s'acquitter d'une indemnité de 70 euros. Concernant ce dernier point, les centres SDS font exception, les frais d'annulation à postériori sont couverts par l'Etat, les courts-termiste ne versent pas un centime. Gratuité mortifère jusqu'au bout.

Synthèse :
Ouvrir l'application *Théo*
Définir la date et l'heure
Sélectionner le prestataire (public ou privé)
Valider
Le jour J, réception sur son smartphone de la notification « D DAY ! ! ! » suivi du refrain « Libéréééééé délivréééééé ! ! ! » chanté par le téléphone
Géolocalisation
Envoi d'un chauffeur Uber
Exécution de la FPA

La version récente de *Théo* possède une icône dynamique qui affiche la date complète du jour de sa FPA. Plus simple que ça, tu meurs !

Paul HAMPLOUA

Debout, les bras le long du corps et passif, le roi du chiffon observe depuis sa hauteur de taille ce pauvre suicidé-raté, ce court-termiste qui s'acharne désespérément à relancer Théo sur son smartphone. « Je crois que vous êtes obligé de réinitialiser votre appli », lui recommande Paul HAMPLOUA. Téléphone dans les mains, yeux rivés sur l'écran et portant sur le dos un body bag généreusement proposé par Paul en guise de couverture chauffante au moment où cet aspirant au *suicide assumé* s'incrustait presque de force dans ce centre Soft Dead Solution, Lory GAULAUX tente de redéfinir la date de son décès sur l'instant T. Problème : Théo n'envisage pas que l'on puisse mourir deux fois. « L'appli pense que j'ai réussi ma FPA chez Ice Pool, c'est pour ça que ça bloque. Vous avez raison, je dois réinitialiser Théo, supprimer l'appli et la réinstaller », reconnaît Lory qui se réjouit, après dix minutes de process numérique (réinitialisation, désinstallation, réinstallation), de pouvoir enfin réaliser sa FPA. « OK, c'est parti ! », lance-t-il. Il ouvre l'application, sélectionne la date du jour, règle l'horloge avec une minute d'avance sur l'heure immédiate afin de recevoir la notification « D DAY ! ! ! » moins de soixante secondes après l'enregistrement sur Théo de son jour de décès. Il clique ensuite sur la liste déroulante pour sélectionner le prestataire. Grâce à la géolocalisation, Théo fait apparaître en premier les centres FPA publics ou privés se trouvant à proximité.

— Voilà...je sélectionne votre centre SDS, je valide...(*il lit à voix haute le message de confirmation*) Êtes-vous sûr de vouloir mettre fin à votre parcours à la date du bla bla bla ? Je clique OUI, et...YES ! Ça y est, c'est enregistré !

L'adrénaline retombe, ses muscles se relâchent. Lory laisse échapper un long un soupir de soulagement avant de s'adosser contre une capsule tout en surveillant son smartphone : « Je vais recevoir la notif dans quelques secondes », dit-il à Paul.

— Vous...vous voulez un café en attendant de mourir ?

— Ah...euh, oui ! Merci, merci beaucoup ! Je veux bien, oui ! J'en ai vraiment besoin.

On entend frapper derrière le rideau de fer le croulant militant anti-FPA qui s'obstine à diffuser son message d'une voix fatiguée : « Non à la FPA...Non à l'Uberisation du suicide assisté...non à...non à l'Uberisation de l'euth..de l'euthanasie... ».

— Il ne s'arrête jamais ce type-là ?

— Il n'est pas méchant, *répond Paul d'une voix monocorde tout en pressant le bouton de la machine Nespresso.* Et puis ça me fait de la compagnie quand je prends ma pause clope.

— Mouais...en même temps, il doit sûrem..

L'imminent-suicidé est interrompu par un « DIIIING ! ! » émis par son smartphone, la notification « D DAY ! ! ! » apparaît sur l'écran suivi du refrain « Libérééééé délivréééée ! » chanté par le téléphone. Théo confirme l'envoi d'un chauffeur.

— (Regardant son téléphone) Euh...par contre, comme je suis déjà sur place je n'ai pas besoin que l'on m'envoie un Uber.

— Vous pouvez annuler le chauffeur si vous êtes juste à côté, *dit Paul en apportant le café dans un gobelet.*

— Ok...comment on fait ?

— Vous cliquez sur « chauffeur », puis sur le profil du conducteur, ensuite vous scrollez votre écran jusqu'en bas, et, à droite, vous verrez « Annuler ».

— Ah oui, en effet, ok. Mais c'est mal fichu leur truc, si Théo vous géolocalise à l'endroit même où vous allez mourir, il ne devrait même pas vous envoyer de Uber. C'est du bon sens.

— Tenez, votre café.

— (Il l'avale d'une traite) Bon, allez, c'est parti ! Je m'installe dans quelle capsule ?

— Bah elles sont toutes prises...

— Pardon ?

— Enfin, sauf une, celle qui est sous bâche, mais je ne suis même pas sûr qu'elle fonctionne vraiment.

— Ou sinon, on fait un switch. Je prends la place d'un mort ! Vous retirez le corps d'une capsule, je vous aide à le porter si vous voulez, et moi je m'installe dedans.

— Hum...bah, c'est un peu limite, là. Je veux dire, à la base, je n'aurai même pas dû vous laisser entrer ici au moment où j'allais baisser le rideau pour la fermeture. Et là, vous me demander de manipuler des appareils qui...moi, mon boulot, c'est seulement de passer le chiffon.

— S'il vous plaît ! Faut pas non plus être ingénieur pour activer l'un de ces machins !

Paul porte son regard sur le sarcophage sous bâche, il se gratte le haut du crâne et dit : « Sinon, on pourrait relier cette capsule-là aux autres. Pour l'alimentation, je veux dire. Ça doit juste être une histoire de câbles à brancher ». « Oui, voilà, bonne idée ! Faites ça ! Je peux même vous aider ! », propose le court-termiste. Alors qu'il se lance dans la manipulation aléatoire et hasardeuse de branchement / débranchement, Paul s'interroge à voix haute : « Peut-être que si je débranche ce câble pour le rebrancher sur cette capsule...ou peut-être devrais-je relier cette capsule aux autres sarcophages avant de rebrancher ce gros câble électrique... ». Serrant son body bag fort contre lui pour conserver sa chaleur corporelle,

Lory observe le jeune homme en train de s'accroupir, débrancher un câble, se relever, se diriger vers une autre capsule, s'accroupir de nouveau, rebrancher. Le résultat final ressemble à un enchevêtrement disharmonieux de gros spaghettis noirs et caoutchouteux reliant ces capsules mortifères les unes aux autres. Peu rassuré, le court-termiste n'est plus si pressé d'en finir : « Euh...moi je veux mourir du premier coup, hein. Vous êtes sûr que c'est *safe* ? ». Paul recule de quelques pas pour s'offrir une vue d'ensemble sur ses branchements, avant de conclure : « Hum...oui. Pour moi c'est *safe.* Je pense que vous pouvez mourir en toute sécurité. ».

— Alors, je veux pas vous vexer, hein. Mais franchement, je serai vraiment rassuré qu'on fasse d'abord un essai.
— Euh...d'accord, mais ce sera un essai à vide.
— Oui oui, ça me va.

Le roi du chiffon s'empare d'un poste de contrôle (un simple ordinateur relié aux capsules) habituellement réservé aux opérateurs. Il sort le PC de sa veille léthargique et démarre d'un clic de souris un générateur numérique qui s'active sur un son futuriste semblable à celui d'une voiture électrique qui accélère de zéro à cent. Lory lève les yeux vers le plafond et observe que l'éclairage effectue un lent va-et-vient en intensité avant de basculer vers un scintillement frénétique : « Euh...vous...vous n'êtes pas en surtension, là ? ». Les yeux fixés sur l'écran du PC, Paul reste concentré. Tentant de déchiffrer cette arborescence de chiffres, de courbes et de pics qui s'affichent à l'écran, il marmonne : « Bon...de toute façon, j'imagine qu'il ne doit y avoir qu'un seul bouton... ». Gardant sa main sur la souris, il lève la tête pour observer l'activité des sarcophages. Mis à part les papillotements de lumière dû à une activité électrique anormale et les relances répétées (et hurlées) de Lory : « VOUS ÊTES SÛR DE CE QUE

VOUS FAITES ? ! ? ! », pour lui tout semble normal. Il se repositionne devant son écran et déplace maintenant le curseur pour le placer sur l'icône « START ». Il clique.

**
*

« Vous avez beaucoup de chance de ne pas être poursuivi en justice, j'espère que vous en avez conscience. », lui annonce le conseiller Pôle emploi, assis derrière son bureau. Le décrocheur-gaffeur installé en face de lui reste droit sur sa chaise, les mains à plat sur les cuisses, roulant le regard à gauche, puis à droite, sur l'air naïf d'un garçonnet ignorant ce qu'il fait là. « Je...je voulais seulement rendre service... », se défend Paul, timidement.

— Rendre service ? Rendre service de quoi ? ! Je vous avais décroché un entretien dans ce SDS pour un poste de nettoyage ! Pas pour être opérateur et manipuler des capsules KR-7 !

— Je...bah disons que j..

— Vous êtes technicien ? !

— Non..

— Vous êtes opérateur ? !

— Non..

— Alors pourquoi vous vous êtes mis à manipuler ces capsules ! ! Vous êtes habilité à manipuler des capsules de type KR-7 ? ! ? !

— Je suis désolé...

— Désolé ? Désolé ? ! ? ! Les corps des défunts ont explosés dans leur capsule comme des boutons d'acné bien mûrs dans un bocal en verre, putain ! ! ! C'est dégueulasse ! ! ! Et inutile de vous dire que pour les familles, les corps sont devenus inexposables pour la veillée funèbre ! C'EST DE LA BOUILLIE ! ! ! En manipulant ces câbles vous avez créé un choc de surtension ! ! ! Sans compter que vous auriez pu tout faire sauter avec vos branchements à la con ! ! ! (Il baisse le ton et se met à trier nerveusement une pile de feuilles posée sur son bureau) Bon, de toute façon je...(il repose les feuilles, joint les mains) écoutez, j'ignore si j'ai pour vous de la pitié ou de la sympathie, mais je vous aime bien. Vous êtes un garçon sympathique, certes un peu bizarre, mais sympathique. Par contre, là, vous ne m'aidez vraiment pas ! Je me casse la tête pour vous décrocher des entretiens et vous foirez tout à chaque fois, à croire que vous le faites exprès. Je passe pour quoi, moi, hein ? Vous ne répondez pas ? Vous gardez le silence ? Evidemment ! Pfff ! ! (Il se remet à trier ses feuilles) J'ai programmé ma FPA sur Théo pour mourir dans six ans, mais vous, avec vos conneries, vous me donnez vraiment envie d'avancer la date de mon décès. Vous êtes désespérant.

**
*

« Comment vous sentez-vous ? », lui demande Christine, psychiatre de quarante-cinq ans au caractère bien trempé. Sans ne jamais cligner des yeux, le regard écarquillé, le visage sec et crispé, aussi expressif qu'un lézard, le type assis en face lui répond :

— Ça va...ça va...je...je suis ami avec une poule et..

— (Elle le coupe) Quand vous dites une poule, vous voulez dire l'animal ?

— C'est ça. Et donc, bah...bah je m'entends bien avec elle, en plus elle parle français, donc on communique très facilement. Et c'est une poule que je peux euh...si besoin, euh...sodomiser.

— D'accord...

— Voilà.

La psychiatre gribouille quelques notes sur sa feuille d'expertise posée à plat sur son bureau. Le haut du corps totalement entravé par le port d'une veste de contention, les bras attachés dans le dos, le patient allonge légèrement le cou et avance délicatement la tête pour tenter de décrypter les notes de la psy qui lui apparaissent à l'envers. « Du coup ce...c'est bon ? Je...je peux sortir ? Je me sens prêt à retrouver la vie en société, vous savez », dit-il d'une voix douce et mielleuse. Christine quitte sa feuille du regard, pose son stylo, s'adosse sur sa chaise et croise les bras : « Ah, ça, ce sera au juge d'en décider. Mais ne vous inquiétez pas, vous sortirez un jour, oui. En attendant, vous allez rester encore un petit peu avec nous, d'accord ? On va BIEN s'occuper de vous », répond-elle sur un ton sarcastique avant de faire signe aux infirmiers restés en faction devant la porte vitrée. Les deux molosses entrent dans la pièce, saisissent fermement le patient par les aisselles et l'emmènent. Le camisolé tente un dernier recours : « Si je ne peux pas sortir d'ici, j'aimerais mourir à la place ! S'il vous plaît ! Je souhaite mettre fin à mon parcours ! Même en SDS, je m'en contenterai ! Du moment que je meurs ! ! », quémande-t-il. « Tant que vous n'avez pas effectué l'intégralité de votre peine, votre droit à la FPA est suspendu et vous le savez ! », lui lance Christine à travers la porte avant de lâcher un soupir et de murmurer : « Après tout, ce taré n'a pas tord. Le droit des détenus à faire valoir leur FPA est un vrai sujet de société ! ». Son téléphone se met soudainement à chanter : « Libérééée délivrééée ! ! ». Une infirmière ouvre brutalement la porte, choquée : « Mais ? ! Docteur, c'est vous qui sonnez ? ! Vous mettez fin à votre parcours ? ! Vous auriez pu nous prévenir ! ! On aurait organisé un pot de départ ! ! ». « Rassurez-vous, ce n'est pas Théo, c'est la sonnerie de mon téléphone ! Ça m'éclate à chaque fois, ah ah ! », répond-elle tout en prenant son smartphone pour décrocher : « C'est ma fille », précise-t-elle à l'infirmière, qui, soulagée et amusée, referme délicatement la porte du bureau.

— Allô, ma chérie ? Tout va bien ma puce ?

— *Oui oui. J'ai une superbe nouvelle à t'annoncer ! ! J'ai décidé de mettre fin à mes jours !* Lui annonce sa fille, à l'autre bout du fil.

— Mais c'est génial ! ! ! Bravo ma chérie ! ! Tu l'as annoncé à ton père ?

— *Bah...non. Il doit être mort à l'heure qu'il est. Il avait bloqué un créneau pour faire sa FPA chez Ice Pool.*

— Alice...ne recommence pas, s'il te plaît. Je te parle de ton beau-père.

— *C'est PAS mon vrai père ! Il n'a pas à décider pour moi !*

— Chérie, je te rappelle que tu n'as que seize ans, donc si tu veux effectuer ta FPA avant ta majorité, tu auras AUSSI besoin de SON autorisation ! Légalement, c'est AUSSI ton père.

— *Je le connais, il va encore râler...*

— Mon bébé, mets-toi deux secondes à sa place. C'est la sixième fois que tu décides de faire ta FPA avant de changer d'avis à la dernière minute pour ne pas rater le live Instagram de telle influenceuse ou le concert de ton chanteur préféré, et j'en passe ! Tu es mal organisée dans ton décès ! Et je te rappelle que c'est lui qui règle à chaque fois les frais d'annulation de ta FPA. Soixante-dix euros multiplié par six, tu sais combien ça fait ? !

— *Cette fois je suis sûre de moi, maman.*

— Ok, écoute, on en parle ce soir à tête reposée.

Un dîner en famille

Le cerveau de Ray, son beau-père au crâne chauve et luisant comme le corps d'un ver de terre, traite cette information sans même lui laisser le temps d'avaler sa bouchée d'asperges. Attablé, mâchant nerveusement, cet entrepreneur dans le bâtiment au physique à la fois mince, sec et robuste, jette brutalement ses couverts dans l'assiette avant de pester, la bouche pleine :

— J'en ai marre de payer des frais d'annulation chaque fois que tu changes d'avis ! Tu veux mettre fin à ton parcours ? Tu n'as qu'à te rendre dans un centre SDS !

— Mais ? ! Mais non ! ! Les SDS c'est pour les cassos ! ! C'est la honte de mourir comme ça, allongée comme une bouffonne dans un bocal en verre ! ! *Se plaint Alice.*

— Alors tant pis, *dit Ray en posant les coudes sur la table, joignant les poings.*

Alice lâche ses couverts et prend sa mère à partie : « Maman ! ! Dis quelque chose ! ! C'est pas juste ! Pour réaliser sa FPA, les parents de Myrtille lui offre un *Front Truck* chez un prestataire privé ! ».

— Qui c'est, déjà, Myrtille ? *Demande Ray.*

— C'est celle qui a les cheveux teints en violet et qui a des licornes tatouées sur les avant-bras, *répond Christine en sirotant sereinement son verre de vin rouge.*

— Si les parents de Myrtille lui offre un *Front Truck* pour sa FPA, ça veut dire qu'ils sont très riches, *analyse Ray.*

— Et ça veut surtout dire que Myrtille est majeure, *rajoute Christine,* parce que se donner la mort en conduisant une bagnole à plus de 110 km sur une autoroute pour percuter frontalement un camion nécessite d'avoir le permis de conduire.

— Payez-moi le permis ! *S'énerve Alice.*

— Travaille ! *Répond Ray.*

— Je vous déteste ! ! *Conclue Alice.*

— Mais pourquoi tu veux mourir, bordel ? ! Tu n'as que seize ans ! Attends encore un peu, au moins jusqu'au BAC. *Propose Ray.*

— PARCE QUE ! ! *Répond Alice.* J'en ai MARRE de la vie ! C'est bon, j'ai déjà tout vécu, là ! Ça ne sert à rien de continuer ! Et faire ma FPA, c'est mon droit !

— Tout ça c'est des conneries ! La FPA ce n'est rien d'autre que du suicide assisté, *balance Ray.*

— Ooooooh, mais tu ne peux pas dire ça ! *Répond Alice.* C'est vraiment un argument de facho et de complotiste !

— Voilà, ça y est, ça y est ! Dès qu'on se prononce contre la FPA on est tout de suite taxé de facho ou de complotiste ! *S'agace Ray.*

— Mais parce que la FPA c'est PAS un suicide ! Un suicide c'est quand tu te donnes la mort comme ça, dans ton coin. Alors qu'avec la FPA, tu mets fin à ton parcours en te donnant la mort dans un cadre bien spécifique.

— Mais il n'y a aucune différence, excuse-moi, dans les deux cas, tu choisis de mettre fin à tes jours. La vérité c'est que le mot « suicide » est devenu politiquement incorrect. Dire « FPA » c'est seulement une manière d'arrondir les angles. *Dit Ray.*

— La FPA c'est la liberté, *insiste Alice.*

— Ce n'est pas faux, *confesse Christine.* Alice marque un point. Tout n'est pas à jeter dans la FPA. La preuve, l'adoption de ce droit fondamental a même produit un effet contraire. Depuis que les gens ont le choix de mourir quand ils veulent et de la manière dont ils souhaitent, beaucoup renoncent à la mort, temporairement du moins, juste par curiosité, pour voir si leurs soucis s'arrangeront le jour suivant. Pourquoi ? Parce qu'ils ont le choix. Moi, je ne vais pas attendre d'être vieille pour mourir ! Nous en avons déjà parlé, je suis anti mort naturelle. Et puis avec tous ces scandales de maltraitance dans les EHPAD, hors de question que je termine mes jours là-bas ! Je choisirai QUAND et COMMENT je souhaite partir !

— Exactement ! *Se réjouit Alice.* La FPA a surtout mis fin à cette hypocrisie de devoir ABSOLUMENT se maintenir en vie quand ça va mal ! T'imagine comment devaient faire les gens, avant ? Le type qui n'en pouvait plus de sa vie de merde, celui qui voulait en finir ? Il se retenait car il se disait « Non, je ne peux pas faire ça, je dois penser à ma famille, à ma femme, à mes enfants, à mes parents, et gnin gnin ni et gnin gnin gnin ! ». Mais de quel droit contraignait-on les gens à vivre ? ? Et comme à chaque fois, la France a été la dernière à adopter la FPA après les Etats-Unis et les autres pays d'Europe ! Mais c'est horrible ! ! Avant, les gens n'avaient aucune structure, aucun cadre pour mettre fin à leur parcours ! Ils devaient subir subir et subir ! ! C'était de la torture ! ! ! Bah aujourd'hui, ce n'est plus un problème car non seulement on a le choix, on est libre de choisir QUAND on veut partir, et, en plus, personne ne souffre parce que la FPA est ancrée dans les mœurs. Le droit à la FPA nous est accordé à tous, tout comme le droit de se marier, mais personne ne nous oblige à l'utiliser. On fait CE QU'ON VEUT on est LIBRE ! On est maître de notre destin. On se sent mal dans une soirée ? On part ! Eh bien ici, c'est pareil.

— C'est effrayant de vivre dans une société dans laquelle on nous fait croire que tout doit être dirigé vers le plaisir, éviter la souffrance à tout prix alors que la souffrance fait justement partie de la vie, elle nous élève. Donc là, la société nous dit « Tu souffres ? Alors suicides-toi ! ». Eh bien non, je suis désolé, moi je ne peux pas accepter ça. Taxez-moi de facho ou de complotiste si vous voulez, *dit Ray.*

— Bah ouais mais j'suis désolée, y'en a qui sont pas fait pour vivre, y'en a qui subissent leur existence en permanence, pour qui il est impossible de changer de vie ou de réaliser ses rêves. C'est une vie, ça ? Pfff ! La vraie folie c'est de se maintenir en vie ! *Statut Alice.*

— Mais tu ne peux PAS dire ça ! *S'énerve Ray.*

— Mais c'est la VÉ -RI-TÉ ! *Insiste Alice en tapant ses poings sur la table pour appuyer son propos.* Y'a des gens qui s'obstinent à vivre pour faire plaisir à leurs proches alors qu'ils souffrent intérieurement, il n'ont rien à faire en vie ! ! Pour eux, rien ne changera jamais ! Les dépressifs, par exemple, on aura beau les soigner, dépenser des millions d'euros, ils se tueront quand même !

— Alice n'a pas tord, *dit Christine.* Dans le monde d'avant, les services de santé aidaient énormément les patients après une tentative de suicide raté. Aujourd'hui, c'est fini. Ils veulent partir, qu'ils partent ! C'est d'ailleurs ce que je conseille à certains de mes patients.

— *(Ray emploie maintenant un ton plus conciliant)* Alice, s'il te plaît, tu ne veux pas rester en vie encore quelques semaines, juste par curiosité ?

Plongeant le regard dans son assiette, piquant les asperges du bout de sa fourchette, l'adolescente conclue dans un murmure : « De toute façon, s'obstiner à vivre quand ça va mal, c'est un truc de faible... ».

Christine reçoit un appel, son smartphone sonne : « Libéréééе délivréééе ! ! ».

— Mais ? ! MAMAN ? ! Tu vas mourir maintenant ? ! *Panique Alice.*

— Ce n'est pas Théo, c'est la sonnerie de mon téléphone. Ça m'éclate à chaque fois, *répond Christine en décrochant.*

— Tu devrais vraiment changer de sonnerie, celle-ci est d'un mauvais goût...*peste Ray.*

— Comment ça, t'es encore vivant ? ! ? Tu as raté ta FPA ? ? Mais comment c'est possible de rater sa FPA ? ? ? *Hurle Christine, au téléphone.* T'es vraiment un bon à rien ! Même ta mort, tu l'as foiré !

— (Alice prend le téléphone que lui tend sa mère) Allô ? Papa ? T'es pas mort ?

— (Lory, à l'autre bout du fil) *Papa n'est pas encore mort, ma chérie. Y'a eu un petit souci avec le prestataire.*

— Tout le monde sait qu'il ne faut jamais aller mourir chez Ice Pool. Ce prestataire est super mal noté sur Google. Mon ex-mari n'est qu'un loser...*se lamente Christine.*

**
*

Notification « D DAY ! ! ! », « Libéréééе délivréééе ! ! », géolocalisation, notification : « Votre chauffeur Uber sera là dans cinq minutes ».

**
*

Debout dans sa posture habituelle, les bras le long du corps, l'ex roi du chiffon observe depuis l'autre côté de la rue cette jeune fille à la chevelure violette. Hésitant dans un premier temps, il se décide à aller aborder celle qui d'un regard l'a transcendé.

— Excuse-moi, *demande Paul.*

— Oui ?

— Je te vois debout à attendre au coin de la rue depuis tout à l'heure. Et j'ai remarqué tes tatouages. Je les trouve jolis. Ça représente quoi ?

— (Elle regarde ses avant-bras) C'est des licornes.

— D'accord. Et...sinon tu...tu attends quelqu'un ?

— J'attends mon Uber.

— Ah. Un Uber pour...pour sortir ou pour mour..

— Pour mourir, *annonce-t-elle sèchement et sans complexe.*

— D'accord...

— Je vais faire ma FPA par Front Truck.

— Un Front...mais, mais c'est hors de prix !

— Ce sont mes parents qui me le payent.

— Mais du coup tu..

— Bon écoute, j'veux pas être méchante mais j'ai vraiment pas le temps, là. Mon chauffeur va bientôt arriver.

— Ok...

— Ah, enfin, mon Uber est là !

— Attends...

— Quoi ?

— Je te trouve hyper mignonne et...je sais pas comment dire ça mais...enfin...ce que j'essayes de dire c'est que, j'ai conscience qu'on ne se connaît pas, mais si tu as un doute, annule, annule ta FPA. J'ignore si je te plais ne serait-ce qu'un tout petit peu, mais si jamais c'est le cas, annule tout et donne-nous une chance.

— Pardon ? ! ? !

— T'aimer sera mon job à plein temps. Si tu annules, tu payeras seulement 70 euros de frais, je te les paye si tu veux. Soixante-dix euros, ce n'est rien comparé à tout ce que tu pourras vivre et ressentir dans cette vie.

— Mais qu'est-ce que...

— Réfléchis. Ne monte pas dans cette voiture. Au fait, je me présente, je m'appelle Paul. Paul HAMPLOUA et je..

— PUTAIN MAIS DE QUEL DROIT TU T'OPPOSES À MON DROIT À LA FPA ? ! ? !

— Hein ? ! Mais non je..

— SALE FACHO DE MERDE VA ! ! ! ! T'ES QUI POUR ME PRIVER DE MA LIBERTÉ ? ! HEIN ? ! ? ! FACHOOOO ! ! ! ! COMPLOTISTE DE MEEEERDE ! ! !

— Mais...pardon ! Je v..

— Je te souhaite de crever dans un SDS comme un clochard, CONNARD ! ! ! !

**
*

— Ecoutez, je suis vraiment désolé, mais on a un problème de véhicule. La voiture que vous étiez censée conduire pour foncer contre le camion est en panne...*annonce le chef de site.*

— Mais...vous n'avez pas d'autre véhicule de remplacement ? ! *S'offusque Myrtille.*

— Pas pour le moment, nous sommes vraiment désolé. Ce genre d'incident, c'est la première fois que ça nous arrive et..

— Nan mais attendez ce n'est pas normal ! ! Je...

Myrtille se retourne vers ses parents, furieuse et en larmes : « Papa, maman, réglez ça ! ! ! Il est hors de question que je rate ma FPA ! ! ! ». Les parents s'isolent avec le chef de site pour rappeler à ce dernier le prix exorbitant d'une telle prestation, sans compter l'interminable attente avant de recevoir une autorisation du Préfet pour bloquer toute une portion d'autoroute nécessaire à une telle opération. Le chef de site revient vers la jeune fille :

— Ecoutez, nous avons peut-être une solution. Ce qu'on peut faire, si vous êtes d'accord, c'est de caler votre tête sous la roue du camion pour qu'il vous roule dessus.

— Nan mais je..

— Attendez, je sais, ce n'est pas aussi spectaculaire qu'un choc frontal entre deux véhicules, on est d'accord. Mais ça reste quand même une pratique inédite. Je ne suis pas sûr que d'autres prestataires la proposent.

Myrtille consulte ses parents du regard. Ces derniers reconnaissent : « Le monsieur n'a pas tord. Réaliser sa FPA en se faisant éclater le crâne sous la roue d'un trente-six tonnes, c'est quand même très très très original ». « Vous connaissez des amis à vous qui ont réalisé leur Fin de Parcours de cette manière ? », demande le chef de site. « Non », confesse Myrtille. « Bon, je vous laisse réfléchir quelques minutes, prenez le temps. De toute manière on ne vous facturera pas de.. ».

— C'est ok. J'accepte. Je mettrai ma tête sous la roue du camion. C'est comme ça que je veux mourir.

— Sage décision, jeune fille !

— Papa, maman, vous filmerez, hein ?

— Evidemment, ma chérie !

« Vous me dites quand je démarre ! ! », hurle le chauffeur. « Ok, mets le contact mais n'allume pas le moteur ! Ça va vibrer de partout, tu risques de lui refiler une migraine à la gamine ! », répond le chef de site tout en accompagnant Myrtille dans ses gestes et sa posture :

— Voilà, allonge-toi sur le ventre, doucement, voilà. Maintenant, rapproche ta tête de la roue, non, pas comme ça. Le visage vers l'extérieur, voilà, sinon tu ne pourras pas respirer. Voilà, recule ta tête encore un peu. Calle bien l'arrière de ta tête contre la roue. Voilà, très bien. Tu sens que tu es bien callée, là ?

— Oui...

— C'est bon, je peux te laisser comme une grande ?

— Oui...

— Quand le chauffeur allumera le moteur, tu sentiras de grosses vibrations au niveau de ton crâne. Mais ne t'inquiète pas, ça ne durera pas, il te roulera dessus tout de suite après. D'accord ?

— Ok...

— Allez, je te souhaite une très belle mort !

« Non ! ! Tu as mis le téléphone en mode photo, là ! ! », assène-t-elle à son mari avant de lui arracher le smartphone des mains : « Myrtille souhaite faire une vidéo souvenir, pas une photo ! ! Roooh, donne-moi ce téléphone, avec toi on n'y arrivera jamais ! ! ». « C'EST BON TU PEUX DÉMARRER ! ! ! », ordonne le chef de site, au chauffeur. Le poids lourd démarre, le moteur se met à vibrer de toute sa masse, du bloc aux roues. Les convulsions transmises par la roue font faire à la tête de la jeune fille de courts et violents va-et-vient entre la roue et le sol telle une bille de flipper coincée entre deux bumpers. « Je...je...j'ai...peee..ppe..peu...peurrr... », pleure-t-elle d'une voix saccadée, « Jjjeee...jee...vvveee veux plus...pappp..mmaaa..maman jj jee...parrr...pardoonnn...jje veuux pplluus mourr mouurrrirrrr jjjje... ». Une légère pression du pied du chauffeur sur la pédale d'accélérateur suffit à répandre sur le sol dans un « PLOK ! » éclatant, le contenu de la boîte crânienne de la jeune femme. En toute décontraction, bras croisés, le chef de site commente la couleur du sol : « Hum...couleur Myrtille. Une chose est sûre, ils se sont pas gourés sur son prénom ».

Daymol

Fin de Parcours Assumée (FPA), définition de l'Organisation Mondiale de la Santé :

« *Action consistant à provoquer intentionnellement la mort d'un individu afin de soulager ses souffrances physiques et morales considérées comme insupportables, soit en agissant à cette fin, soit en s'abstenant d'agir, en vue de le libérer de cette dégradation insoutenable* ».

**
*

AEROPORT D'ORLY, CANTINE D'ENTREPRISE

« Pardon ! ! Excusez-moi ! ! Vous gênez tout le monde lààà ! ! », lance sèchement cette salariée agacée de devoir contourner cet employé du groupe ADF, *Aéroport De France,* planté devant l'entrée de la cantine. 12h30, le personnel de l'aéroport (tout corps de métier confondu), contraint lui aussi de contourner ce rocher dépressif, continue d'affluer vers la cafèt' tout en pestant : « Décalez-vous lààà ! Vous gênez tout le monde ! ! ». Réceptif à ces plaintes, le Cœur Brisé effectue un pas sur le côté pour libérer le passage avant de reprendre le cours de sa conversation avec sa collègue : « Je n'en peux plus, je suis épuisé », continue-t-il d'expliquer à sa collègue. « Je n'arrive pas à digérer la rupture. Elle m'a quitté pour retourner avec son ex. Le pire c'est qu'elle poste sur les réseaux sociaux des tas de photos avec lui. Je suis sûr qu'elle le fait exprès. Tous ces moments de bonheur que j'ai pu avoir avec elle appartiennent désormais à un autre. Ce...c'est...c'est insupportable, c'est de la torture. », se lamente le *court-termiste.*

— C'est vraiment dommage, *constate sa collègue*, toi qui avais prévu de mourir bien plus tard. Tu avais plein de projets et une FPA programmée pour dans vingt ans !

— Je sais, mais là, je ne peux plus. Je n'y arrive plus. J'ai pris ma décision et je..

Son smartphone reçoit la notification « D DAY ! ! ! » avant de se mettre à sonner-chanter : « Libérééééé ! ! Délivréééée ! ! ».

— Ah, *réagit-il en regardant son smartphone*, mon Uber va bientôt arriver, il va me récupérer au dépose-minute du Terminal 4.

Ses collègues ADF arrivent au même moment : « Bah, tu ne manges pas avec nous ? ».

— Non, *explique-t-il*, je suis seulement venu vous dire au revoir.

— Au revoir ? Tu vas où ?

— Il part faire sa FPA, *balance sa confidente.*

— Aujourd'hui ? ! *S'étonnent ses collègues.*

— Mon Uber arrive dans cinq minutes.

— Mais naaaan ! ! Il fallait nous le dire avant, on aurait au moins organisé un pot de départ ! Déjeune avec nous une dernière fois !

— Nan nan nan, *dit-il tout en se mettant à marcher à reculons*, je suis juste venu vous dire au revoir ! Et je suis pressé par le temps, mon chauffeur va arriver.

— Allezzzz ! ! Reporte ta mort à demain !

— (*Agitant les mains pour appuyer son refus)* Nan nan, je ne peux vraiment pas et je..

— Y'a raclette aujourd'hui à la cantine...

— Ah bon ? *Demande-t-il, s'arrêtant de reculer.*

— Mais oui ! Allez, annule ta FPA et meurs demain. Ça te coutera quoi, soixante-dix euros de frais d'annulation ? Ça vaut bien un dernier repas avec tes collègues, non ?

— Euh...je...y'a vraiment raclette à la cantine ?
— OUI ! !
— Bon...bah si y'a raclette, j'avoue que ça change tout. Allez, tant pis pour les soixante-dix balles. J'annule et je reporte à demain !
— Ouaiiiiis ! ! ! *Se réjouissent-ils avant de s'installer derrière une longue table.*
— Pauvre garçon, *chuchote une de ses collègues, enfin attablée,* ça ne doit pas être facile.
— Roh, ça va, ce n'est qu'une rupture, *répond une autre en prenant place derrière cette longue table.* Tout le monde s'en remet ! Les gens sont devenus tellement fragiles qu'ils décident de crever à la moindre anicroche en activant leur FPA !
— Tu parles vraiment comme une facho ! Mais il n'y a pas que la rupture qui l'a anéanti. Y'a aussi son appartement qui a brûlé. Et ça, c'était la goutte de trop.
— Brûlé ?
— Enfin, explosé.
— Explosé ? !
— Oui. Enfin, plus ou moins...

Ces murmures n'échappent pas aux oreilles du Cœur Brisé qui rectifie d'une voix calme mais intense : « Ce...c'est beaucoup plus bizarre que ça », avant de s'attabler en dernier. Installés, plateaux et couverts correctement disposés sous leur nez, les collègues ADF cantonnent temporairement la raclette dans une case mentale de leur cerveau pour se concentrer sur le récit du futur suicidé.

— Mon appart n'a pas vraiment brûlé ou...ou explosé, *confie le Cœur Brisé.* On ne sait pas trop. En fait, ce jour-là, je rentrais du boulot. Je me suis garé sur mon parking, je suis sortie de ma voiture, j'ai marché vers mon immeuble et puis j'ai levé la tête vers le troisième étage, là où se trouvait mon appart, comme ça, par automatisme ou par réflexe, bref. Et c'est là que j'ai entendu cet espèce de...de « POUF », comme si l'immeuble s'était mis à tousser, puis cette grosse et épaisse fumée noire en forme de boule qui s'est échappée de l'appart en brisant les fenêtres, ça m'a rappelé ces jets d'encre que crachent les pieuvres pour se défendre ou prendre la fuite. C'était...c'était très bref, comme ça, « POUF », et puis plus rien. Donc les pompiers sont arrivés, ils ont sécurisé l'immeuble et quand je suis entré dans mon appart, j'ai découvert un lieu totalement carbonisé du sol au plafond. Et, apparemment, sans qu'aucune des flammes n'aient léché les apparts se trouvant à côté, au-dessus ou en dessous du mien. Enfin, les flammes entre guillemets puisqu'il n'y en a eu aucune. « Combustion spontanée », ont dit les pompiers. Perdre ma copine, puis mon appart, je vous jure, vivement que je meurs...

— Combustion spontanée ? ! *S'étonne une collègue.*

— Alors, en gros, c'est quand tout crame d'un coup, de manière instantanée quoi, sans feu ni flamme, comme ça, par surchauffe. En gros, hein. *Répond un autre.*

— Mais vous ne regardez jamais les infos ? ! *Intervient un troisième.* Ce n'est pas la première fois que ça arrive, il y a eu d'autres cas comme celui-ci dans des apparts ou des baraques. À la télé ils disent que c'est à cause du réchauffement climatique.

« Réchauffement climatique, mon cul ! », lance *Ayoub*, installé en bout de table tel un paria dans son costume gris griffé « ADF » au niveau de la poche poitrine de sa veste qu'il porte sur une chemise blanche avec une cravate rouge. Un gros-gras petit de taille, bedonnant, une silhouette en forme de B majuscule et légèrement zozoteux. Employé à l'aéroport en tant que Superviseur, cet individu approchant la cinquantaine est en charge depuis son bureau de la gestion du flux passager à travers les déploiements et redéploiements des agents d'accueil qu'il flique à travers ses écrans de surveillance afin, entre-autres, de les affecter sur les zones stratégiques des différents terminaux. Un pestiféré cumulant tous les mauvais mandats : raciste, misogyne, sexiste. L'esprit « wok-e », lui, il ne le tolère qu'au fond d'une poêle à frire et sous forme de légumes. Au sein de l'aéroport, cet invirable sur-syndiqué affiche en réalité un racisme de contrefaçon en déblatérant tout ce qui lui passe par la tête dans l'unique but de ressentir le frisson de la transgression. Terminant d'avaler son fromage fondu en le faisant couler par bourrelets au fond de sa gorge, ce vestige de l'ancien monde tapote ensuite délicatement la commissure de ses lèvres à l'aide d'une serviette en papier pliée en triangle. Un geste délicat en total contraste avec cette image de goulafre qu'il vient d'offrir à ses collègues : « C'est surtout que cette histoire de réchauffement climatique arrange tout le monde. Encore un nouveau prétexte pour faire passer des lois de plus en plus contraignantes, pour nous forcer à acheter des ampoules led hors de prix », livre-t-il comme analyse.

— Ça y est, *ose une collègue*, il recommence. De toute façon, toi, Ayoub, t'es un pur complotiste. Tu ne crois RIEN et tu es contre TOUT ! Y compris contre la FPA !

— Encore heureux...*marmonne le Superviseur.*

— T'es un facho et un complotiste.

— Un peu aussi...*ricane-t-il.* N'empêche que le réchauffement climatique n'a rien à voir dans la carbonisation de son appartement. C'est une destruction volontaire, sauf que personne n'a vraiment percuté là-dessus. C'est un type qui a fait ça, un pro. Un type qui fait sauter les apparts comme une bande d'albanais briserait les genoux d'un mari infidèle sur les ordres d'une épouse contrariée. C'est un bruit qui traîne sur internet. Une espèce de...une sorte de...de justicier qui s'en prend aux logements des arrogants, des arnaqueurs, des malicieux et des perfides. Si ton immeuble a « toussé », comme tu dis, c'est que t'as fait chier quelqu'un, que t'as merdé quelque part. Bref, que y'a eu un contrat sur ta tête, enfin, sur ton logement, plutôt.

Silence et stupéfaction autour de la table...avant une ola de rires contaminants : « Pouah ah ah ah ! ! ! Je te jure, quand je t'écoute déballer tes histoires, j'ai une furieuse envie de m'accrocher à la vie ! », lance le futur suicidé soudainement revigoré. « L'avantage de ta FPA c'est que tu n'auras plus à écouter ses conneries ! ! », lui répond un collègue. Le Superviseur marmonne : « Pas de flamme, pas d'explosion, une destruction totale mais sans aucun dommages collatéraux. Propre et sans bavure. C'est sûr, ça, c'est pas du travail d'arabe ». « OOOOOOOOOH ! ! ! Mais c'est pas possible ! ! ! Faut toujours que tu dérapes, Ayoub ! ! ! », lui lance la tablée coalisée avant de lever son verre en l'honneur du Cœur Brisé : « Bon allez, ignorons ce gros dégueulasse et trinquons à ta mort ! ». « Oui, à ma mort ! », s'excite-t-il. « À TA MORT ! ! », confirment ses collègues. « Pffff...putain de court-termiste... », se lamente le Superviseur.

**
*

Branché sur les infos, l'autoradio diffuse le dernier flash : « *Enfin, dans la rubrique des faits-divers, un nouvel appartement a été carbonisé de l'intérieur par combustion spontanée. Ce phéno...* »

« Ah », réagit Praline, trentenaire obèse, les mains sur le volant, concentrée sur la route : « C'est l'appart du connard de l'aéroport, celui qui a couché avec la petite sœur de sa nana. Pas étonnant qu'elle ait voulu se venger avant de retourner chez son ex ! », puis elle rajoute : « J'te jure...et dire que les gens continuent d'avaler que les logements qui toussent c'est de la faute du réchauffement climatique. Tant mieux pour nous, tu me diras ! Mais c'est dire à quel point les médias prennent vraiment les gens pour des cons. En même temps, on ne peut pas leur en vouloir, aucune enquête n'a jamais été diligentée après ces explosions... ». Installé à sa droite, son passager murmure : « Rien ne me surprend de la part d'une opinion publique qui accepte un modèle de société basé sur la FPA... ». Sans quitter la route des yeux, ses mains boudinées sur le volant, Praline lui demande : « Ça va ? ».

« *...Ce phénomène étrange de combustion spontanée dans les logements, attribué selon les experts du GIEC au réchauffement climatique, va amener le gouvernement à accélérer le processus de transition énergétique en faisant voter de nouvelles lois sur le...* ».

Son éternelle casquette noire *Under Armor* vissée sur le crâne, avachi sur son siège comme après un mauvais lendemain de soirée, Daymol coupe l'autoradio, puis répond, amorphe : « Ça va... ». Daymol HISSEUR, ou l'histoire d'un type qui, objectivement, avec une telle noirceur intérieure, ne devrait pas être dehors parmi les autres. Ce jeune entrepreneur s'en prend à celles et ceux qui le méritent et il aime ça. Un individu éternellement triste et pensif, à l'ultra violence totalement assumée, incapable de maîtriser les codes sociaux permettant à un individu de s'intégrer en société, et ce n'est pas faute d'avoir essayé - autrefois... - avant de « démissionner » du monde collectif pour rejoindre un univers parallèle à celui du salariat : celui de l'entreprenariat, de l'indépendance financière et des investissements ingénieux après s'être découvert un flair et un instinct pour acheter des biens immobiliers, acquérir des terrains, racheter de vieilles baraques pour les retaper, les revendre et investir parfois dans la construction de petites résidences. Entrepreneur en immobilier le jour et démolisseur de choc la nuit. Un paranoïaque maladif qui sort très peu de sa tanière, discret dans la vie quotidienne, jamais dans l'affront et qui ne fait pas de vagues. Parfois, chez lui, cet expert en démolition laisse ressurgir l'enfant désorienté enfoui en lui. Ce môme perdu, maladroit, intérieurement en miettes, qui sursaute pour rien et fait tout le temps tomber des trucs. Mais une fois dehors, dans l'exercice de son art, il devient alors ce jeune homme solide et confiant aux gestes experts et maîtrisés. Praline décroche son regard de la route pour analyser le visage de son employeur : « Tu as l'air d'être au bout de ta vie, là. Tu as les lèvres sèches et le visage cerné », constate-t-elle. Comme chaque matin, à chaque réveil, ce dernier s'est rejoué mentalement cette scène où il surprit son ex en train de se faire ravager par un autre. « Je...ce matin je suis resté quelques minutes à regarder l'appli Théo. Et puis je me suis dis que je valais mieux que ça, que je n'étais pas comme tous ces courts-termiste qui n'ont aucun respect pour la vie, incapables de mesurer la valeur d'une existence, même si d'un côté, je peux les comprendre, et c'est là qu'on voit la perversion du système : ce côté réconfortant de savoir qu'on a le choix de tout arrêter, à tout moment, dès qu'on en peut plus. De partir, de mettre fin à son parcours. », confie Daymol avant de rajouter : « Je méprise ces courts-termiste. Comment peut-on accepter ce modèle de société mortifère, putain, les gens sont complètement lobotomisés. J'en vois même qui utilisent Libérée Délivrée comme sonnerie de téléphone. C'est quand même pas rien de rire de ça, c'est quand même pas rien. ».

— N'empêche qu'il y a encore une heure, tu étais scotché sur Théo, tel un pur court-termiste, à te demander si oui ou non tu allais réaliser ta FPA...*le pique Praline.*

— Jamais. Plutôt crever que de crever ! *(Cette fois il quitte sa position avachie pour se réinstaller correctement sur son siège, il tourne sa tête vers elle et lui sourit)* Mon petit plaisir malsain du matin c'est de m'accorder ces cinq minutes de tourments. Après ça, je redeviens formidable. Car c'est dans le mouvement que se dilue la douleur intérieure. On est plus le même homme après une bonne séance de sport. Trente minutes d'exercices physiques bien répartis suffisent à sauver ta journée, même après une nuit blanche.

— Ton ex qui t'a trompé, c'était il y a deux ans. Tu te complais à vivre dans le passé...

— (*Touché, il se braque)* Et toi t'es trop gentille ! Tu te comportes dans la vie quotidienne comme une éternelle subalterne lâche et faible sous la coupe d'une chef de service toxique et sadique ! Tu trouves des excuses à tous ceux qui te manquent de respect. Cette attitude est nocive, surtout pour toi.

— (*Elle constate dans le rétro qu'un véhicule la colle d'un peu trop près)* Pas du tout ! Je ne suis pas du t..

— (*Marmonnant, ruminant)* T'étais pas là quand je les ai surpris au lit...ce truc qu'il faisait sur elle avec sa bite...ça m'a déglingué...

— (*Un œil sur le rétro)* Le type derrière n'arrête pas de me coller, le pauvre, je vais le laisser passer, il doit sûrement être pressé.

— (*Le conducteur les dépasse et hurle à travers la fenêtre)* Tu peux pas rouler plus vite GROSSE CONNE ? ! ? !

— *(Concentrée sur la route pour remettre son véhicule sur la bonne trajectoire)* Le pauvre...ça se trouve il a appris une très mauvaise nouvelle ce matin, ce qui explique son énervement contre moi.

— *(Embarrassé, baissant la visière de sa casquette pour cacher son visage)* Putain, je vais la buter...*se lamente*

Daymol.

Ne semblant souffrir d'aucun dégât apparent sur son amour propre du fait d'avoir été une fois encore trop bonne trop conne, Praline reprend la maîtrise de son véhicule. Elle demande ensuite à Daymol, bienveillante : « Pourquoi tu continues ? Tu dis craindre de perdre un peu plus la tête à chaque nouveau contrat. ».

— Je sais...c'est à cause de cette chimie cérébrale entre créativité et monde réel. Les gens ne se rendent pas compte de toute la préparation en amont que demande ce genre d'opération. Jongler avec les deux hémisphères de ton cerveau, c'est ce déséquilibre chimique qui t'amène à la bipolarité. Comment crois-tu que nombre d'artistes sont devenus bipolaires ?

— Alors pourquoi tu continues ? Tu possèdes des appartements, des terrains et des maison. Tu pourrais t'en contenter sans même avoir besoin de bosser. Pourquoi continuer au risque d'y laisser toute ta tête ?

— Je...c'est ce besoin de reconnaissance. J'ai besoin de me sentir extraordinaire au moins une fois dans la journée, qu'on me dise « WOUAW ! », ce que tu fais c'est génial.

— Ce que tu fais, c'est faire péter des logements.

— Oui, et alors ? Uniquement ceux qui le méritent.

— Si tu attends d'avoir de la considération pour ce que tu fais, tu n'arriveras jamais à être heureux.

— Si, quand je puni les mauvais. J'aime leur faire du mal et voir sur leur visage le résultat de mes actions. Ça me libère des endorphines, comme quand je regarde des explosions de bombe atomique sur YouTube.

— Je pense surtout que t'es incapable d'être heureux...

— Je me sens tellement bien après avoir fait « tousser » un logement. Chaque fois que je fais sauter une baraque, ça m'évite à moi d'exploser. C'est ma soupape. Quand je sens monter en moi ce sentiment de mal-être permanent, ce sentiment qui monte, qui monte, qui monte, je prie pour que tu m'apportes un nouveau contrat. Et heureusement, c'est toujours quand j'atteins ce pic que tu m'en décroches un. Y'en a qui font des braquages, moi je fais tousser les logements. Y'en a qui font des bangs, moi je fais des booms. C'est pas comme si j'étais mauvais, je me suis découvert un vrai talent. Je veux dire, je suis vraiment doué, faut le dire, je suis vraiment doué. Que je sois ici ou ailleurs, je ne pense qu'à ça, à faire des booms. Enfin, des « pouf », plutôt. Faire tousser les immeubles grâce à la maîtrise complexe de l'auto-inflammation par combustion spontanée. Identifier dans le logement la source de chaleur idéale, voir comment les différents éléments entrent en interaction les uns avec les autres durant ce bal du diable, cet emballement thermique où les huiles siccatives absorbent l'oxygène pour tutoyer la finesse des particules de charbon, orchestrer l'absorptivité de l'air, disperser ici et là de la farine de luzerne. Contrôler l'oxydation du phosphore, sentir monter la température graduellement, étape par étape, sceller l'union entre le parti de la chaux vive et celui de l'eau pour qu'elles aillent ensemble toquer à la porte des métaux alcalins pour leur suggérer d'appliquer une politique d'auto-inflammation. Sans oublier cette indépendante et provoquante nitrocellulose qui n'a besoin de personne, et, pourquoi pas, soyons fous mais maîtrisés, assoiffer les peuples des peroxydes organiques pour augmenter le risque d'une révolutionnaire montée de chaleur. Pêcher par excès de confiance en adjoignant au styrène, au méthacrylate de méthyle ou à l'oxyde d'éthylène, un choc qui les entraînera dans une valse folle jusqu'à provoquer cette fameuse réaction en chaîne pour aboutir à un anéantissement total sur un fond de bruit de pétard mouillé, « pouf » ! L'agencement de chaque logement, de chaque baraque et de chaque appart est différent. Et quand je crée tout ça, cette destruction sur-mesure, j'assume vouloir me faire dévorer par cette créativité destructrice au risque d'atteindre un jour un point de non-retour. Mais faire payer aux fourbes leur arrogance, cela n'a pas de prix. Les gens malhonnêtes, les lâches et les raclures, qu'ils soient propriétaires ou primo-accédant, se permettent de nuire au monde tout en se sentant à l'abri dès lors qu'ils trouvent refuge entre leurs quatre murs parce que rien n'égal le sentiment de sécurité que procure la possession d'un logement. Ils s'imaginent en sécurité dans leur appartement qui n'est rien d'autre qu'une alcôve creusée dans un gros cube en béton battit en plein milieu d'un éco-quartier. Ils oublient à quel point tout ça est fragile, et moi je suis là pour le leur rappeler.

Ils arrivent au pied d'un immeuble, Praline se gare : « Tu vas mieux ? ». « Un peu », répond Daymol : « Je ressens moins cette sensation de moissonneuse batteuse qui me lacère les entrailles ».

— Ils vivent ici, au quatrième étage. Un couple de p'tit vieux qui s'est fait rouler par un vendeur de voiture. *Dit-elle.*

— Tu les as briefé pour la peau du visage et la flaque de whisky ?

— Bien sûr.

— Parfait. L'important c'est de les faire flipper pour éviter qu'ils parlent. D'ailleurs, en plus de la flaque de whisky, il faudra rajouter qu'on appartient à une organisation internationale extrêmement puissante. Note, s'il te plaît.

— (*L'assistante se dépêche de sortir de son sac à main un petit bloc-notes et répète la phrase de Daymol tout en écrivant)* On appartient à « une organisation internationale extrêmement puissante ». Ok, c'est noté. Je le dirai également à nos futurs clients.

— (*Il regarde à travers la fenêtre)* Cette résidence ressemble à celle où j'avais acheté mon troisième appartement.

— Celui qui est squatté par des roms depuis un an ?

— C'est ça.

— Mais, n'étais-tu pas censé les déloger toi-même étant donné que la justice et les associations de défense des droits penchent de leur côté et refusent de les expulser ?

— (*Outré)* Praline, enfin, je ne vais quand même pas faire péter mon propre logement !

— Oui...un bon dealer ne consomme jamais sa propre came.

— (*Il regarde de nouveau vers le quatrième étage)* Ce vendeur qui les a roulé, tu t'es renseigné sur lui ? Est-on sûr que ce type-là est réellement mauvais ?

— Est-ce vraiment important de..

— Praline, *l'interrompt-il*, si ce type n'est pas profondément mauvais, je ne prendrais aucun plaisir à faire tousser son appart, et tu le sais !

— Je...je crois que c'est une belle raclure, tu pourras vérifier par toi-même. Le vieux détective que tu emploies a confirmé son adresse et..

— (*Il tourne sa tête vers elle)* Pourquoi ce ton sarcastique dans ta voix lorsque tu parles de ce vieux détective ?

— Disons que, ce qu'il fait lui, je peux très bien le faire pour toi. Tu lui sous-traites des vérif d'adresses car tu..

— Parce que j'ai autre chose à foutre que de m'occuper des tâches administratives.

— C'est ce que je dis, ce qu'il fait lui, je peux le faire...

— Attends, on parle de quoi, là ?

— Disons que ça fait un moment que je travaille pour toi, que je t'apporte de nouveaux contrats et que..

— Ok...j'ai compris. C'est encore l'histoire de ton augmentation.

— Tu m'avais dit que je devais d'abord faire mes preuves au sein de ton entreprise et que..

— Ton augmentation, Praline, je te l'accorde, bien évidemment.

— Mais...sérieusement ? !

« Oui, sérieusement. Nous aurons le temps d'en parler plus tard. En revanche, je garde ce vieux détective pour les vérifs. Ce mec-là est sur la fin et c'est important de continuer à le faire travailler. Il n'a que ça dans la vie et souhaite partir de manière honorable. Faire des vérifs, ce n'est peut-être pas grand chose, mais pour lui, continuer à « détéctiver » entre guillemets, c'est mourir l'épée à la main. », explique en ouvrant la portière ce jeune homme brun de taille moyenne au physique proportionné grâce à une équitable répartition musculaire : « Bon allez, j'y vais ». « Daymol ! », l'interpelle son assistante. « Quoi ? », demande le trentenaire en se retournant, la moitié du corps en dehors du véhicule. « Pour revenir à ce besoin de reconnaissance que tu évoquais tout à l'heure. Quoi que l'on fasse, de toute façon, on sera toujours critiqué. », lui dit-elle. Le visage du jeune entrepreneur s'attendrit : « Et aux yeux des médiocres, on n'en fera jamais assez », rajoute-t-il sur un sourire.

**
*

« Des fois ça va, et des fois ça va moins bien », explique la septuagénaire, installée sur une chaise aux côtés de son époux hagard et mutique, assis lui aussi, et qui n'a de cesse de ressasser dans son esprit le déroulé de cette immonde arnaque. « En fait, nous y pensons tout le temps. Ça nous déprime, ça nous mine. C'est extrêmement douloureux de s'être fait avoir comme ça.

Pourtant, à notre âge, nous en avons vécus des choses, mais malgré ça, ça nous fait très très mal. Et puis il y a ce sentiment de honte... », rajoute-t-elle. Installés dans le salon, les vieux retraités ont laissé à Daymol le privilège du canapé. Posture droite, mains posées à plats sur les genoux, casquette Under Armor sur la tête, le jeune entrepreneur les écoute attentivement. « On faisait pitié à voir, démunis, abandonnés sur le bord de cette route nationale. Finalement, ce sont des gitans installés sur un parking à côté qui sont venus nous porter assistance. Ces gens-là s'y connaissent bien en mécanique automobile. Après avoir jeté un œil rapide dans le moteur, ils nous ont listé tous ce qui n'allait pas. Ils ont bricolé rapidement deux trois choses, c'est ce qui a permis à notre voiture de redémarrer et de repartir. », explique la vieille femme.

— Avez-vous utilisé ce véhicule, depuis ? Demande Daymol.

— Nous ne pouvons pas ! La voiture ne démarre plus ! Répond la vieille femme.

— Le commercial a voulu gagner une vente sur notre dos...*se lamente l'époux, le regard dans le vide.*

— Vous n'avez pas cherché à le recontacter ?

— On a fait que ça ! Le vendeur ne répondait plus à nos appels. Alors nous nous sommes épuisés à envoyer des courriels à la direction. Au bout du vingtième, nous avons enfin été reçu par le directeur de la concession. Une concession que nous avions trouvé sur internet. Ce dernier nous a simplement expliqué que les dégâts relevés à postériori dans le moteur n'étaient pas de leur fait et qu'il nous invitait à...comment a-t-il dit, déjà ?

— À « prendre du recul sur cette expérience », marmonne l'époux.

— C'est ça, à « prendre du recul sur cette expérience ». Nous avons quand même demandé à voir le commercial qui nous avait vendu cette voiture pour lui demander des comptes sur ce document qu'il nous avait fait signer, cette « offre spéciale » dont on a découvert qu'il s'agissait en réalité d'une clause de...de non réclamation sur des...d'éventuels dommages ou dégâts, je ne me rappelle plus très bien. Un document qui, en cas de problème avec le véhicule, ferme la porte à toutes formes de recours contre eux, en somme. Même l'assurance nous l'a confirmé. Le directeur nous a répondu que son commercial était en déplacement, quelque part. Puis il nous a conseillé de renvoyer encore un courriel à la sur-direction qui gère la sous-direction, nous n'avons rien compris à ce charabia.

— Des boniments...*analyse l'époux, hagard.*

— Nous...nous sommes des gens simples, nous avons des petites économies, rien de bien extraordinaire, *explique la vieille femme*, nous voulions simplement acheter une nouvelle voiture ! Mais là, nous n'avons plus la force de nous battre pour ce genre de choses. Nous sommes fatigués.

— Vous n'en avez pas parlé à vos enfants, pour quelle raison ?

— (*Malaxant ses doigts nerveusement*) Ils ont leur vie, ils ont aussi leurs soucis, pourquoi en rajouter ? Et comme je vous l'ai déjà dit, nous avons honte de nous être fait avoir de la sorte. Nous savions que ça les plomberait d'apprendre que leurs vieux parents se sont fait rouler. Et puis les connaissant, ils nous auraient poussés à réaliser notre FPA dans le but de « nous libérer de tout ça et être enfin tranquilles ».

— Hors de question...*dit l'époux.*

— Mon mari et moi ne sommes pas complotistes. Mais avouez quand même que ce monde qui encourage les gens à se donner la mort est complè..

— Ok, excusez-moi, mais on s'écarte du sujet, là, *dit Daymol.* Donc, vous vous êtes fait rouler, vous voulez vous venger, vous souhaiter que je fasse sauter son appartement.

— (*Serrant les dents pour contenir toute sa rage)* Réduisez-le en cendres...

— (*Daymol sort un petit carnet de sa poche et note leur souhait tout en le répétant à voix haute)* Faire sauter l'appartement, le réduire en cendres...

— Rassurez-moi, il...il n'y aura pas de..

— (*Les yeux sur son carnet, il la coupe)* Il n'y aura aucune victime, madame. Zéro. La destruction de son logement sera totalement maîtrisée. En revanche, n'oubliez pas que, (*il quitte son carnet des yeux et la regarde)* si jamais un jour vous parlez, j'éliminerais toutes les personnes qui ont compté pour vous, je vous arracherais la peau du visage et je vous tremperais la face dans une flaque de whis..

— (*La vieille femme le coupe à son tour)* Dans une flaque de whisky, oui oui, nous connaissons la règle, votre assistante nous a déjà prévenu.

— Bien. Notez également que j'appartiens à une organisation internationale extrêmement puissante. Alors, gardez ça à l'esprit si un jour il vous viendrait l'envie de parler...

Il se lève et se dirige vers la porte tout en prenant soin de ne pas marcher sur les nombreux jouets qui jonchent le sol de cet appartement : « C'est à vos petits-enfants ? ». « Oui, ils viennent assez souvent alors nous avons arrêté de ranger tout ce bazar. Nous pencher pour ramasser nous fait souffrir », explique la vieille femme en le raccompagnant. C'est par inattention que le jeune entrepreneur active le mécanisme vocal d'une poupée chantante à l'effigie de *La reine des neiges* et qui se met à brailler après avoir été écrasé du pied : « *Libérééeee ! ! ! Délivrééééee ! ! !* ».

**
*

Ce mendiant Rom se fait de plus en plus insistant, espérant obtenir sa pièce avant que le feu ne passe au vert, il toque de nouveau contre la vitre : « S'il vous plé, Midame ! ! ! Oune poutite pièce pour manger ! ! ». « Oui, oui, deux secondes », répond Praline tout en fouillant dans son sac à main posé sur ses genoux. Le feu passe au vert, les véhicules derrière se mettent à klaxonner : « AVANCE GROSSE CONNE ! ! ! ». L'assistante s'excuse auprès du mendiant qui crache son mécontentement sur la vitre sous la forme d'un énorme mollard verdâtre. Elle démarre : « Le pauvre malheureux, il attendait une pièce, c'est normal qu'il se soit énervé (*puis elle s'adresse à Daymol*)...Ça va ? Tu as l'air de planer, là. ». Installé à sa droite en position détente, les muscles relâchés, la nuque confortablement enfoncée dans l'appuie-tête et le regard levé vers le ciel, le jeune entrepreneur répond d'une voix douce : « Je suis bien, là. Ce nouveau contrat va me faire du bien. Je vais faire les courses juste avant, comme ça je serai tranquille ».

— Ton frigo est vide ?
— (*Il tourne sa tête vers elle et sourit*) Pas ce genre de courses, Praline, les « autres » courses, celles qui ne se commandent pas au Drive...
— Ah...
— J'irai les récupérer avec ma voiture. Ensuite, comme d'hab, je m'isolerai quelques jours le temps de préparer mon plan. Je devrais être concentré, faudra vraiment que tu évites de me déranger, pas de sms ou d'app..
— Sois rassuré, je sais que t..

Comme avant chaque nouvelle opération, Daymol réalise maintenant l'ampleur du chantier, la difficulté à honorer ce nouveau contrat s'abat brutalement sur lui. Giflé par cette réalité, il se retrouve subitement sous l'emprise du stress, la crainte de l'échec. Le ciel bleu qu'il avait dans l'estomac vient d'être remplacé par une enclume de deux tonnes. Il perd le contrôle :

— Attends, laisse-moi parler, ne me coupe PAS la parole, s'il te plaît ! ! *Crie-t-il.* Durant cette période tu ne dois PAS me déranger ! !

— (*Concentrée sur la route, elle murmure)* Et ça recommence...

— (*Il se met à hurler)* Tu ne sais pas ce que c'est, toi, tu ne sais pas ce que c'est ! ! Je dois me mettre en condition pour créer ce plan ! Je dois m'enfermer, me couper de TOUT, verrouiller les volets, mettre une lumière tamisée, je dois sortir mon gros paper board, toutes mes notes et afficher le plan de son appartement ! ! Je dois m'imprégner de tout ça, puis quitter mes notes des yeux pour prendre du recul parce que je dois lever la tête du guidon si je veux obtenir une vue d'ensemble ! ! Parce que je risque de me gourer et de me rendre compte que la source de chaleur nécessaire à la combustion spontanée n'est plus forcément la même depuis d'éventuels travaux d'isolation à la con dû à ces nouvelles normes écolo À LA CON ! ! ! Alors je vais devoir déchirer mon brouillon, revoir ma copie ET TOUT RECOMMENCER ! ! !

— Mais calme-toi, je t'ai dit que je ne te dérangerai pas !

— PUTAIN MAIS LAISSE-MOI FINIR ! ! ! Tu ne comprends PAS ! ! Toi et ta petite vie, là ! Tu ne crées jamais rien ! T'as jamais rien créé dans ta vie ! ! ! Tu ne peux pas comprendre ! ! Si je foire, tout s'effondre, tu comprends, ça ? ! Durant cette période, je me retrouve dans un état de perméabilité émotionnelle où tout peut vriller, putain ! ! ! J'ai tellement peur de foirer que j'en arrive à allumer Théo et à envisager UNE PUTAIN DE FPAAAA ! ! ! ! !

**
*

— Monsieur HISSEUR ?

« Oui », répond Daymol en se présentant dans cet entrepôt industriel.

— HISSEUR, c'est votre prénom ou votre nom de famille ?

— C'est mon nom de famille. Daymol HISSEUR.

« Ok », répond le contremaître coiffé d'un casque de chantier et vêtu d'un gilet orange avant de dresser un inventaire :

— Alors, nous avons...du détergent alcalin, dix kilos de chaux vive. Le solvant pour la nitrocellulose est posé derrière, sur le conteneur métallique.

— J'en avais aussi commandé sous forme de bille, *précise Daymol.*

— Elles sont dans le sac plastique posé dessus. Vous avez besoin d'un chariot ?

— Oui.

— Vous pourrez emprunter le transpalette, juste là. J'aurai besoin de voir votre carte professionnelle pour le Peroxyde, s'il vous plaît. C'est de la marchandise classée 5.2, le transport avec régulation de température est obligatoire.

— *(Il présente sa carte)* Voici.

— Merci. Vous serez livré à l'adresse indiquée.

**
*

Vivre parmi les autres, en société, est un concept pour lequel Daymol n'a jamais été formé, il n'a jamais su comment faire, il ne disposait pas du mode d'emploi, personne ne lui a jamais rien expliqué. Du temps où il était encore salarié, ses tentatives de *small talk*, ses initiatives professionnelles et ses tentatives de sociabilisation ont été des ratages permanents. En société, il passait d'échec en échec, de déception en déception. Sa tentative d'intégration dans la vie de monsieur tout le monde a fini par faire de lui un individu mutique et éteint par peur de tout faire foirer. Ce sentiment de ne rien contrôler. Son activité secrète, la démolition de logement par combustion spontanée, est le seul domaine qu'il maîtrise à la perfection et dans lequel il n'a pas le droit de se louper. Il est otage de ses contrats, otage de ses créations, otages de ses œuvres de destruction.

Confiné dans son appartement, enfermé dans cette pièce à la lumière chaude et tamisée, debout face à son paper board - pour le moment vierge de toutes notes -, le jeune entrepreneur étudie le plan du logement ciblé ainsi que la centaine de Post-it qui constelle les murs de cette chambre. Chaque détail doit être pris en compte : comment se rendre sur place ? Existe-t-il dans ce quartier un système de vidéosurveillance installé par la ville ? Immeuble équipé d'un digicode, d'un interphone, ou les deux ? Un sas d'entrée sépare-t-il le digicode et l'interphone ? Comment pénétrer dans l'immeuble sans se faire repérer ? Une fois dans l'appartement, confirmer la source de chaleur (pré identifiée sur plan) qui amorcera le processus d'auto inflammation. Evaluer le temps nécessaire à la disposition des différents éléments, notamment les amorces. Comment sortir de l'immeuble sans se faire repérer ?

Les poings sur les hanches, rongé aux tripes par ce sentiment d'être complètement dépassé par le chantier de cette nouvelle *opé*, Daymol s'interroge : « Putain...mais par où commencer ? ». Puis il suffit de s'y mettre, tout simplement, sans pression, et de voir comment les choses s'assemblent.

Durant tout le processus de création, le jeune

entrepreneur se trouve dans un état de fragilité extrême où la moindre intervention extérieure peut le faire exploser. Ses idées verrouillées sur post-it fourmillent dans son esprit comme autant de notifications qui apparaissent sur l'écran d'un smartphone que l'on rallume après trois jours de *digital détox*. On ne pense alors qu'à une chose, se débarrasser de ces pastilles rouges l'une après l'autre pour désencombrer notre esprit et purifier l'écran de son téléphone. Mettre les compteurs à zéro. Et c'est long...ses idées le prennent en otage, elles lui polluent le ventre et l'esprit tant qu'elles n'ont pas trouvé leur place au sein de ce système infaillible et parfait. Face à ses notes, quand il sent que ça bloque, il n'insiste pas et cesse de tirer sur la corde pour éviter à son cerveau d'éclater. Il se met alors en retrait, s'allonge sur le canapé et avale ses deux carrés de chocolat noir pour s'oxygéner le cerveau. Cette prise de recul permet aux idées de s'associer entre elles de manière cohérente et logique. Les yeux fermés, la magie opère. Il ne se sent un peu plus libre que lorsqu'il parvient à leur accorder la place qu'elles méritent dans ce dispositif, comme des notes trouvant leur sens au sein d'une partition à mesure qu'elle se compose. Il sait que ça marche, il sent que ça fonctionne et constate que son plan emprunte une belle et bonne tournure lorsque l'envahit ce sentiment mêlant excitation, satisfaction et hystérie créative. Cette satisfaction orgasmique de se voir être le seul capable de créer en matière de démolition, un système qui fonctionne à la perfection.

Le temps s'est figé, lui-même ignore combien de temps il a passé à étudier dans cette pièce : « Je rêve ou j'ai enfin terminé ? », s'interroge-t-il, face à un paper board noirci de notes. Le plan semble enfin élaboré : « Nan nan, je dois être sûr...je dois être sûr...que me reste-t-il à faire ? Rien ! Putain, je crois que j'ai réussi, je crois que J'AI REUSSI ! ! ! », s'excite-t-il : « Du chocolat, il me faut mes deux carrés de chocolat noir ! ». Ses deux carrés une fois avalés, il procède à une lecture finale de son plan et de ses notes, avant de conclure : « Je crois que c'est parfait. J'ai réussi à tout caler, je n'ai négligé aucun détail. Putain...j'ai réussi...c'est magnifique ! ! ! Je suis enfin libre ! ! ». Bravant l'appréhension de recevoir une explosion de mauvaises nouvelles, le démolisseur exhume son smartphone du fond d'un tiroir et le libère du Mode Avion. Finalement, tout va bien, aucun SMS alarmant, ses parents continuent de couler une retraite tranquille au Portugal, ce Miami européen où leur fils unique, diagnostiqué dès l'enfance d'un « autisme léger », leur avait acheté un appartement en bord de mer pour les forcer à l'exil. Il envoie enfin à travers une messagerie cryptée, un mot d'excuse à son assistante dévouée avant de reposer son téléphone et de murmurer : « Je n'en peux plus, je n'ai plus de jus, j'ai tout donné, je n'ai plus de jus... ». Il s'effondre sur le canapé, éprouvé, libéré, délivré. Complètement vidé. Et seul, éternellement seul.

**
*

« Désolée, c'est juste pour vous prévenir que je vais faire tourner une machine. Ça ne vous dérange pas ? Je ne voudrais pas que le bruit de mon lave-linge vous embête », demande Praline.

— Euh...non, *répond ce voisin à travers l'entrebâillement de sa porte, interloqué,* vous avez le droit de laver vos vêtements...

— D'accord, parce que je ne voudrais pas vous déranger, hein, *réitère-t-elle, s'excusant presque d'exister.*

— Ça va...il est 15h00. Et puis au moins, vous, vous avez un lave-linge. Le nôtre nous a lâché.

— Ah bon ? Eh bien...si vous voulez, je peux vous dépanner ? Je peux lancer une deuxième machine si vous avez des choses à lav..

« CHÉRIE ! ! ! ! Y'A LA VOISINE QUI SE PROPOSE DE NOUS FAIRE UNE MACHINE ! ! ! APPORTE LES DEUX PANIERS À LINGE ! ! ! ! », hurle-t-il à sa compagne qui se dépêche d'apporter une pile de fringues qu'elle jette dans les bras de cette bonne poire qui réceptionne sans réticence ni résistance ce tas de vêtements dégueulasses et urticants : « Ah...euh...ok, bon...bah je vais vous laver tout ça et.. ». « FAITES GAFFE PUTAIN ! ! ! Vous faites tomber les vêtements par terre ! ! ! Prenez-les correctement ! ! », lui hurle le voisin. « Oui oui, pardon, excusez-moi, je suis désolée. Je vais faire attention », répond-elle avant de retourner chez elle et d'analyser : « Les pauvres, leur lave-linge les a lâché. C'est normal qu'ils soient énervés ». Son smartphone réceptionne un message de Daymol :

« Je suis vraiment désolé pour l'autre jour ! Tu fais un travail génial, Praline ! J'ai enfin terminé, mon plan est parfait ! ! Ne reste plus qu'à le mettre en pratique, ce sera la partie la plus fun ! Et FUCK LA FPA ! ! ! ! »

**
*

« Ce type-là est d'une banalité... », se lamente Daymol dans un chuchotement, encapuché et tout de noir vêtu, constatant dans le salon du commercial automobile, une décoration murale des plus banales : un poster de Time Square. « Je suis sûr que ce minable n'a jamais foutu les pieds là-bas... ». Invisible et silencieux, il se déplace d'une pièce à l'autre pour disposer ici et là ses amorces *fabrication maison.* Il retourne dans le salon et jette un dernier coup d'œil avant de quitter ce trois pièces : « Et en plus, il n'y a aucun bouquin... », désespère-t-il.

**
*

« Ouais, j'suis commercial, j'fais beaucoup d'route. Donc j'en ai vraiment besoin de mon permis. Mais m'faire flasher pour cinq kilomètres seulement, c'est abusé ! », raconte-t-il à ce stagiaire avant de jeter son mégot et d'expirer la fumée restante en dehors de ses poumons. La pause est terminée, les stagiaires retournent dans la salle pour terminer de visionner toute une série de diapos afin de conclure ce deuxième jour de stage de récupération des points. « Mais si tes parents ont besoin d'une nouvelle voiture, n'hésite pas à me les envoyer. Justement, on propose une *offre spéciale* à la concession. », chuchote-t-il à son compagnon de stage avant d'ajouter : « Fais-moi confiance, y'a plein de bonnes affaires et.. ». Son téléphone sonne : « *Libérééée délivréééééé ! ! !* ». Le commercial, grand, maigre et osseux, portant autour du cou un collier à chaîne en grain de café, après avoir précisé qu'il s'agit seulement de la sonnerie de son téléphone, déclenche dans la salle un fou rire général. Il s'excuse ensuite auprès du formateur et décroche : « PARDON ? ! ? ! », hurle-t-il à son interlocuteur avant de quitter le stage en catastrophe.

**
*

« Les voisins ont simplement entendu un *pouf*, comme si l'immeuble avait toussé. Ceux qui étaient dehors ont vu une épaisse boule de fumée noire s'échapper de votre appartement en brisant les fenêtres », lui annonce ce pompier avant d'ajouter : « Mais aucune flamme ».

— (*La tête levée vers son appartement*) Mais...mais...que...tout a cramé ? ! ? !

— Oui, tout, du sol au plafond. C'est inhabitable. Mais rassurez-vous, les appartements voisins n'ont rien, y'a juste le vôtre qui a été carbonisé.

— (*Mâchoire tremblante, larmoyant)* Mais...que...comment c'est po...comment c'est possible...

— Bah c'est une combustion spontanée dû au réchauffement climatique. C'est ce qu'ils disent à la télé, en tout cas. Et c'est pas la première fois que ça arrive.

**
*

Un immense terrain vague loué par le prestataire privé, *Slingshot and Co.*

« Hum...je suis un peu déçu par la météo », confesse le commercial grand de taille, maigre et osseux, scrutant le ciel à la recherche d'une éclaircie. « C'est juste un peu nuageux », le rassure Maël, gérant du site, un jeune type brun de taille moyenne vêtu d'un teeshirt rose et d'un short, chaussant des Van's et coiffé d'une casquette floquée du slogan « TROUBLE MAKER » inscrit sur deux lignes. Scrutant le ciel à son tour, Slim, son fidèle associé, un petit blond grassouillet, compact, large et cubique, portant un teeshirt Metallica, un bermuda et une casquette de trucker canadien, confirme : « C'est ça, le ciel est lé-gè-re-ment couvert ».

— Il fait un peu frisquet, aussi...*se plaint le commercial.*

— Nous avons des cache-cols ! *Propose Slim.* C'est vrai que vous risquez peut-être d'attraper un petit coup de froid durant la trajectoire.

— Combien de secondes, à peu près, entre la projection et l'impact ? *Demande le commercial.*

Pour étudier mentalement la trajectoire, Maël jette d'abord un œil sur la structure, un lance-pierre géant composé d'un manche en chêne profondément ancré au sol et supportant deux branches en Y sur lesquelles sont attachées une large bande élastique avec une assise en cuir fixée au milieu, là où prend place le court-termiste, puis il regarde un large mur bâti plus loin, et répond : « Deux, trois secondes GRAND max... ». Une fois le futur suicidé confortablement installé, c'est un bras industriel articulé planté au sol juste à côté, détourné de son utilisation d'origine, au bout duquel se trouve une main robotique en forme de pince, qui va resserrer son emprise sur le siège. Le bras motorisé va ensuite l'éloigner du manche afin de placer l'élastique sous tension avant de relâcher la pression pour envoyer le court-termiste s'exploser sur la cible, cinquante mètres plus loin, contre un mur en béton.

— Deux, trois secondes grand max ?...Mouais...c'est suffisant pour attraper froid. Ce serait con de choper la crève quelques secondes avant de crever. Le cache-col, c'est en plus ? *Demande le commercial.*

— On les loue cinq euros, mais allez, on vous l'offre. *Dit Maël.*

— Vu l'état dans lequel on va le récupérer...Mais si vous vous sentez fébrile, on peut aussi vous donner un Doliprane. Comme ça, vous serez d'attaque pour mourir ! *L'encourage Slim.*

— Mais vous en faites beaucoup des FPA, ici ? Parce que vous avez un mur vachement propre quand même !

S'étonne le commercial.

— C'est parce qu'on le nettoie régulièrement avec un karcher industriel pour retirer toutes traces d'impact humain. *Répond Maël.*

— Ah oui, c'était pas beau à voir, *rajoute Slim.* Quand le sang sèche, ça fait des grosses flaques pourpres sur le mur. C'était angoissant pour les clients et beaucoup changeaient d'avis au dernier moment. Sans compter le bruit de ceux qui passaient juste avant.

— Le bruit ?

— Bah quand le lance-pierre vous projette contre le mur, vous éclatez littéralement. Sous la violence de l'impact, votre corps explose, en fait. Ça fait le bruit d'une...d'une pomme pourrie qui tombe au sol.

— J'comprends, *dit le commercial,* les désistements de dernière minute, c'est jamais bon pour les affaires, surtout que vous z'êtes ouverts que le weekend.

— Oui, parce qu'à la base, *explique Maël,* cette ancienne carrière où nous nous trouvons sert de stand de tir durant la semaine. Le proprio nous la loue le weekend pour nos prestations FPA. Mais ça tourne bien ! On exécute ici plus de FPA que chez les prestataires qui proposent une mort par Front Truck.

— C'est normal, le Front Truck, ce n'est plus ce que c'était. Avant, on avait la garantie de pouvoir conduire une bagnole à 90 kilomètres heure pour foncer contre un camion arrivant en face. Aujourd'hui, le service décline. Vous payez une fortune pour vous offrir une FPA par choc frontal, sauf qu'au dernier moment, on vous annonce que la bagnole que vous devez conduire est en panne ! Et comme solution de remplacement ils vous proposent de vous caler la tête sous la roue du camion pour qu'il vous roule dessus ! Pfff, même les SDS sont plus fiables !

— Euh...ça, j'en suis pas sûr. J'ai quand même entendu il y

a quelques jours que dans un centre SDS, des corps avaient explosés dans leur capsule...*rapporte Slim.*

— (*Le commercial continue sa logorrhée)* Le Front Truck, c'est ce que je voulais faire à la base, moi. Quoi de plus logique pour un vendeur de voiture que de mettre fin à son parcours au volant d'une bagnole ? J'avais économisé toute ma vie pour ça ! Et j'avais programmé ma FPA pour bien plus tard, vers les soixante ans, sauf que j'avais pas prévu que mon appartement allait sauter. Ça m'a foutu un sacré coup, je n'ai plus la force de tout recommencer. C'est trop dur, je préfère baisser les bras. Tant pis.

— Sauter ? *Interroge Maël.*

— Oui, enfin, brûlé, ou plutôt, explosé de l'intérieur. Carbonisé, quoi. Mais sans flamme, *explique le commercial.*

— Tiens, c'est marrant, exactement comme notre autre client, celui qui bosse à l'aéroport.

— Quel autre client ? *Demande le futur suicidé.*

— Un type au cœur brisé, il se trouve à l'autre bout du terrain. Il réalise sa FPA en faisant un Running Man. C'est une des prestations qu'on propose en plus du Slingshot, *dévoile Maël.*

— C'est quoi le Running Man ?

— Bah, vous n'avez pas vu le film ? En gros, le client va courir sur une centaine de mètres avec un collier explosif attaché autour du cou et dont la charge va s'activer au moment où il dépassera les deux gros pylônes magnétiques que vous voyez là-bas. BOOM !

— EEeeeerrk ! ! *Commente le commercial, dégouté.*

— Ah nan nan, y'a rien de dégueu, je vous rassure. Y'a que la tête qui explose. Par contre, faut avoir un bon cardio.

— Oui, faut avoir un bon cardio, *répète Slim.*

— Son appartement aussi a sauté, enfin, explosé, plutôt. Carbonisé de l'intérieur, comme si son immeuble avait toussé entre guillemets, *explique Maël.*

— Oui, c'est à cause du réchauffement climatique, *se lamente le commercial.*

— Oui, apparemment, y'a de plus en plus de cas comme ça, *soutient Slim.*

— Bah...vous avez toujours votre tête ? ! *Lance Maël au Cœur Brisé qui arrive vers eux, son collier explosif autour du cou.*

— Je vais me lancer, je vais me lancer. J'attends seulement le bon moment. Courir sur une centaine de mètres, ça risque de piquer, *appréhende le Cœur Brisé.*

— Courir sur cent mètres, ce n'est pas grand-chose...

— Oui mais j'ai l'estomac toujours un peu lourd. L'autre jour y'avait raclette à la cantine...

— Ah...bon, eh bien en attendant on va installer Monsieur sur le lance-pierre, le temps pour vous de digérer votre raclette !

Le commercial, grand, maigre et osseux, prend place sur l'assise en cuir. Le bras articulé entre en action, la pince robotique se resserre sur le siège et l'éloigne du manche. L'élastique entre en tension. L'osseux court-termine se met à ressentir une gêne sur le haut de sa cuisse, un léger inconfort, une sensation de grattement contre la peau comme celle provoquée par l'emballage en aluminium d'un chewing-gum en tablette qu'on a rangé dans la poche de son jean. Il glisse une main dans sa poche et en sort un morceau de papier plié en quatre. Il le déplie :

« *Comme dirait votre boss, vous devriez prendre du recul sur cette expérience...* ».

— Mais qu'est-ce que ? ! *S'étonne-t-il.* Attendez, attendez, ne relâchez pas l'élastique ! ! Y'a un truc bizarre que je dois éclaircir et qu..

La pince s'écarte, l'élastique claque : « TCHONGUE ! ! ».

– WEUUUUUUUAAAAAAAAAAAAAAAAAH ! ! !

Le fruit pourri explose contre le mur déversant éclaboussures, abats et giclures, qui, associés à la force de projection, s'étalent en étoile sur soixante-quinze pour cent de la surface de cette cible en béton. Le Coeur Brisé, Slim et Maël se trouvent trop loin pour que parviennent à leurs oreilles le bruit du corps qui se décolle de la façade bétonnée sur un son de tissu déchiré, d'autant plus que l'adhérence du corps à la paroi n'est l'affaire que de quelques secondes puisqu'il ne tient que par de minces filets de peau faciaux qui cèdent maintenant à l'attraction en se détachant l'un après l'autre. Le corps se désolidarise progressivement de la surface comme un spaghetti bien cuit se détache d'un mur en glissant d'abord par le haut. La tête de ce corps devenu inidentifiable par l'absence d'un visage désormais enfoncé à l'intérieur du crâne part en arrière pour finalement chuter comme un caillou dans une fosse à courts-termiste avant d'être rejoint quelques secondes plus tard par de poisseuses coulures de sang tirées vers le bas par la force gravitationnelle et qui n'ont pas eu le temps de sécher. « Je crois que t'as bien fait de lui offrir le cache-col... », reconnaît Maël.

B.D.R
(Bracelet De Redéploiement)

Aéroport d'Orly, salle de réunion. Assis en bout de table, cintré dans son costume bleu marine, une cravate à pois blancs nouée autour du cou, *Caspian*, un ambitieux Chef d'établissement aéroportuaire en charge du pôle accueil. À la fois prince et loup, le trentenaire, grand, long et mince, mène ses équipes comme un leader accompagnant, explicatif et apprenant. Intransigeant, fonceur et ferme dans l'accomplissement de la mission, il peut apparaître tremblant et hésitant lors de la prise de décision. Installé à sa droite dans un costume porté sans cravate, son éminence grise pour l'aide à la décision, un prestataire extérieur, *Lex PAIRE*, expert en questions aéroportuaires. La cinquantaine, large d'épaules, un visage carré, coiffé en brosse, un ancien de la sûreté aérienne qui tient efficacement son rôle d'expert, à savoir solutionner très vite à l'instant T des problématiques très compliquées. Egalement présents autour de cette table, reconnaissables à leur costume-uniforme gris griffés « ADF », les trois superviseurs. Ayoub et *Gyrophare*, un quadra, le zélé du groupe, le « flic » de l'équipe. Un grand métisse bodybuildé traquant et notant sans relâche sur un fichier Excel les non-conformités des agents telle une pervenche dressant des PV. Enfin, *Magnum*, vingt-huit ans, la jeune femme de l'équipe. Motarde aguerrie, un corps fin et raffermit, la silhouette athlétique d'une femme flic. Les cheveux puissamment tirés en queue de cheval et surnommée « *Magnum* » pour cette manie qu'elle a de former un revolver avec ses doigts chaque fois qu'elle indique une direction ou lorsqu'elle pointe quelqu'un du doigt, ou, plutôt, lorsqu'elle pointe quelqu'un du flingue. Ils constituent à eux cinq, dans leur costume griffé ADF, la direction opérationnelle du pôle accueil d'*Aéroport De*

France.

« Bon », annonce Caspian : « On a enfin eu l'accord du Ministère du tourisme, nous allons pouvoir équiper nos agents d'accueil avec les nouveaux modèles de BDR, les Bracelets De Redéploiement. Comme les anciens modèles, le fonctionnement reste le même, c'est-à-dire que les agents le porteront tous au poignet et recevront des micros chocs électriques chaque fois qu'ils devront se redéployer sur une zone. La seule différence avec les anciens modèles c'est que ceux-là sont dotés d'un écran qui affiche la zone d'affectation. ». Lex se saisit d'une boîte posée au milieu de la table et l'ouvre délicatement : « Vous pouvez le manipuler si vous voulez. », dit-il. « Nan nan, moi je touche pas à ca », répond Gyro. L'expert détache le bracelet – semblable à une montre connectée - de son écrin avant de l'exposer à l'équipe : « Pas d'inquiétude, il est désactivé », les rassure-t-il de son sourire malicieux. « On dirait une Apple Watch », commente Gyro. « Une Apple Watch mais qui envoie des chocs électriques...je précise que ce sont de petits chocs électriques, de basse intensité, hein. », rajoute Lex.

— Oui, *confirme Caspian*, parce qu'il y avait un vrai sujet là-dessus, sur le réglage de l'intensité du choc reçu par les agents.

— Jusqu'à maintenant, nous avions réglé les BDR sur une intensité de trois milliampères, *explique Lex tout en manipulant le bracelet*, l'agent recevait une décharge qui provoquait chez lui une sensation, juste une sensation, mais pas de douleur. Alors on s'est posé la question d'augmenter le palier d'un niveau, de régler le bracelet sur dix milliampères. C'est à partir de là qu'on ressent la douleur. Ça nous offre donc un gage d'obéissance.

— Alors, *précise Caspian*, il ne s'agit pas de faire souffrir inutilement les agents, non. Mais la question qui se pose c'est, est-ce que l'agent qui reçoit un choc sans douleur va réellement accepter de se redéployer sans râler ? Moi je pense que oui, si il est professionnel. Mais pour les autres, faut-il vraiment provoquer une douleur pour les inciter à...à obéir, en gros, chaque fois qu'on aura besoin d'un redéploiement sur telle ou telle zone ?

— Une douleur incitative, quoi. *Dit Lex.*

— C'est ça, une douleur, certes, mais incitative, *répète Caspian.*

— Dans ce cas-là, pourrait-on afficher en salle de pause un tableau avec les différents seuils d'électrocution ? Comme ça, les agents sauront au moins à quoi s'attendre s'ils ne se redéployent pas immédiatement après avoir reçu une décharge, *propose Magnum.*

— Oui, pourquoi pas, c'est un sujet, oui, faudra voir. Mais en attendant nous avons décidé que ce sera à VOUS, les superviseurs, de décider de l'intensité du choc envoyé via le logiciel qui va vous être installé sur votre PC, *annonce Caspian.*

— Ah oui ? ! *Se réjouit Gyro.*

— Contrairement à ceux qu'on utilisait jusqu'à maintenant, ces nouveaux BDR ne seront pas bridés, *explique Lex*, vous serez seuls juges. Parce que vous, vous connaissez les agents, vous savez distinguer les bons éléments de ceux qui ont besoin d'un...d'un petit « boost » en plus, quoi.

— D'ailleurs, petite précision, à la base, la boîte de com' qui gère la promo interne de ces nouveaux BDR nous avaient suggéré de les appeler « Bracelet Booster », et non « Bracelets De Redéploiement »., *révèle Caspian.*

— Pourquoi « booster » ? *Demande Gyro.*

— C'est clairement un élément de langage, *explique Lex*, le choc reçu par l'agent n'est en fait qu'un booster pour le remotiver, non une douleur visant à l'électrocuter.

— Booster ? Mouais...*dit Gyro, peu convaincu.*

— Ce terme-là avait bien marché pour les vaccins, *rappelle le chef d'établissement.*

— Pas faux, *reconnaît Gyro.*

— Et pourquoi a-t-on abandonné l'appellation « Bracelet Booster » ? *Demande Magnum.*

— À cause de l'abréviation dans le langage courant, *explique Lex.* « Bracelet Booster » ça fait « BB ». Et le Pôle marché d'ADF trouve que ça décrédibilise l'appareil, alors que Bracelet De Redéploiement ça donne « BDR ». Ça fait plus sérieux, surtout quand les agents en parleront entre eux. ADF préfèrent entendre BDR que BB.

— Bon, *s'impatiente Gyro,* comment ça marche ?

« Eh bien, entrons dans le vif du sujet ! », propose Lex en exposant une seconde fois le BDR à l'apparence de montre connectée.

— Donc, comme nous venons de vous le dire, le fonctionnement reste le même. C'est-à-dire que, lorsque l'agent d'accueil effectue sa prise de service avant d'aller sur le terrain, *explique Lex,* c'est là qu'il enfile son bracelet au poignet. Le bracelet est réglé sur les horaires de vacation de l'agent et ne se déverrouille que durant son heure de pause et à sa fin de service.

— Ce nouveau modèle se verrouille également ? *Demande Gyro.*

— Oui, *répond Caspian,* c'est une fermeture magnétique. Il n'est pas possible pour l'agent de détacher son BDR durant sa vacation, sauf en cas de force majeur de type accident de travail, ou autre.

— Et pendant les pauses confort ? *Demande Magnum.*

— Les petites pauses de dix minutes en plus de l'heure de pause règlementaire ? *Demande Caspian.*

— Oui, *répond Magnum.*

— Là, le BDR ne se détachera pas, mais il se désactivera, *explique Lex.* Si l'agent est en pause confort alors qu'on a un besoin de redéploiement, il ne recevra pas de choc électrique sur son bracelet.

— Le BDR fait partie du matériel ce sera donc aux Chefs d'équipe qui sont sur le terrain de remettre leur bracelet aux agents à chaque prise de service, comme ils avaient l'habitude de le faire avec les anciens modèles, *précise Caspian.* N'oubliez pas que la fonction du Pôle accueil c'est la gestion du flux passager. Vous, les superviseurs, avez une vue d'ensemble du terrain à partir de votre poste grâce à vos écrans et à vos caméras. Et ce sera plus pratique pour vous de redéployer des agents en fonction des besoins humains sur les différents terminaux de l'aéroport. Ici aussi, comme d'habitude, ce sera à VOUS les superviseurs d'envoyer directement des chocs électriques aux agents qui recevront en plus, sur l'écran de leur BDR, leur zone de redéploiement.

— Cette console de redéploiement qu'on utilise au bureau, celle avec des boutons partout, nous la gardons ? *Demande Gyro.*

— Oui, *répond Lex*, je vous l'ai dit, vous aurez en plus un nouveau logiciel sur votre PC. Et c'est ça qui est bien, ce nouveau BDR possède une double utilité. Il permet ET de localiser l'agent sur votre écran, ET de lui envoyer des chocs électriques.

— ET de calculer le taux de redéploiement, *ajoute Caspian.* Vous savez que le Pôle accueil d'ADF est surtout évalué là-dessus, sur le taux de redéploiement. C'est hyper important, le taux de redéploiement est lié à la performance. Alors, dès qu'on peut, on redéploie, on redéploie, on redéploie, on redéploie, on redéploie ! On envoie des chocs, on envoie des chocs, on envoie des chocs, ok ?

« Oui. Comme d'hab, quoi. », répondent les superviseurs. « Ça va être fun ! », se réjouit Gyro. Jusqu'alors silencieux, Ayoub rebondit sur le commentaire de son collègue : « Fun, oui. Surtout qu'il y a beaucoup d'arabes parmi les agents... ». « Putain, le seul moment où ce gros porc prend la parole c'est pour dire de la merde », peste Magnum avant de le sermonner en arabe.

— Euh, Ayoub, *le reprend Caspian*, vos remarques on s'en passera, d'accord ? N'oubliez pas que vous êtes à deux doigts de sortir de l'effectif à cause de vos propos et j..

— Vous ne m'écoutez pas, *s'excite-t-il*, envoyer des chocs électriques à des arabes, ça ne vous rappelle rien ? La guerre d'Algérie, la gégène ? On a de plus en plus d'agents qui font le parallèle avec ça. Vous voulez vous retrouver avec des procès sur le dos ?

Comme toutes les fois où il se retrouve face à une problématique à régler, Lex PAIRE adopte sa gestuelle de réflexion. Il pose ses mains sur la tête, s'adosse en arrière sur sa chaise, lève le menton, rentre le ventre, inspire profondément, puis statue : « Ayoub marque un point, là. Y'a peut-être un sujet, ouais... ».

— Et y'a toujours le problème de la douleur causée aux agents, *précise Magnum*.

— Alors, bah justement, *rebondit brillamment Caspian*, faites très attention à ça, là aussi y'a un vrai sujet. Il faudra présenter ce choc électrique un peu plus douloureux comme une source de motivation, comme quelque chose qui booste ! Comme une marque de confiance envers un bon agent ! Un agent électrocuté est un agent qui va être redéployé DONC c'est un agent qui est so-lli-ci-té. Par conséquent, un agent électrocuté est un agent va-lo-ri-sé ! Ce sera ça le discours, okey ?

— Okey, *répondent-ils*.

— Est-ce qu'on pourra utiliser les BDR en dehors des besoins de redéploiement ? *Demande Gyro.* Parce que parfois, à la caméra, je vois des agents qui s'adossent contre un mur, qui mettent les mains derrière le dos au lieu de les mettre devant ou qui s'assoient carrément pendant que défilent devant eux les passagers, sans parler de ceux qui utilisent leur téléphone perso.

Lex s'adosse de nouveau sur sa chaise, rentre le ventre, pose ses deux mains à plat sur sa tête, inspire profondément, puis statue : « Hum...ouais, y'a un sujet là-dessus, ouais, y'a un sujet là-dessus. Faudra vérifier avec le service juridique d'ADF sur ce qu'on a le droit d'infliger aux agents avec les BDR ».

— D'ailleurs, à ce propos, j'ai aussi une bonne nouvelle. Durant les tests, on a remarqué que les chocs électriques envoyés par ces nouveaux BDR laissaient aussi des traces de brûlures au niveau du poignet, comme avec les anciens modèles, *dit Caspian.*

— Oui, euh...micros brûlures, hein, vraiment micros brûlures, *dédramatise Lex.*

— Oui, mais quand même, ça reste des traces de brûlures. Micros, certes, mais brûlures quand même, *insiste Caspian.*

— Micro, hein, j'insiste sur le terme de micro, *rebondit Lex.*

— Si je vous dis ça c'est parce que la plupart de nos agents sont des jeunes et ils pourraient considérer ces traces, ou micros traces, comme des mutilations, *s'inquiète Caspian.*

— Le truc c'est d'éviter qu'ils soient meurtris et de déclencher chez eux des FPA en cascade pour cause de mal-être, *dit Lex.* J'imagine mal l'aéroport résonner au son de « Libérééée délivréééee » chaque fois qu'un agent se fera électrocuter.

— Oui, alors, tous les jeunes ne sont pas courts-termiste, Lex, *précise Caspian,* mais c'est vrai que de nos jours il en faut peu pour déclencher une volonté de faire valoir son droit à la FPA, surtout chez les jeunes !

— Bah les jeunes dans nos effectifs ne sont peut-être pas tous courts-termiste, mais beaucoup sont musulmans...*ajoute Ayoub.*

— OOOoooh ! ! Putain mais tu peux pas fermer ta gueule, t'as un problème, c'est pas possible ? ! *L'attaque Magnum.*

— En effet, beaucoup sont musulmans, ET DONC ? ! ? ! *S'agace Caspian.*

— Bah c'est connu, les Mumus sont tous anti-FPA, comme les cathos. Ils considèrent ça comme un suicide et le suicide est contraire à leur religion. Donc le risque de départ pour cause de FPA est minime. Je n'attaque personne, c'est simplement ce que je voulais dire.

— Ayoub marque encore un point, *murmure Lex, à Caspian.*

— Oui bon bref, tout ça pour dire que si certains agents se plaignent de vilaines cicatrices au poignet, présentez-leur cette brûlure comme une marque d'appartenance super cool plutôt que comme une blessure professionnelle, okey ? *Demande Caspian.*

— Okey.

Le chef d'établissement affiche maintenant un grand sourire : « Et...je vous parlais il y a deux minutes d'une bonne nouvelle...Tadaaaaa ! ! ! ! », lance-t-il en dévoilant un tube de Biafine :

— ADF offre gratuitement à TOUS les agents d'accueil, un tube de Biafine pour soulager les douleurs d..

— Les « micros » douleurs, *l'interrompt Lex.*

— Oui, les micros douleurs, *rajoute Caspian,* pour soulager les micros douleurs dû aux chocs électriques que recevront les agents ! Vous demanderez à vos chefs d'équipe sur le terrain de les distribuer.

— Nous ferons un mail, *précise Lex.*
— Oui, voilà, on fera un mail, *reprend Caspian.*

Arrivant à son terme, la réunion devient moins formelle, l'ambiance plus joueuse. Les superviseurs se mettent à chahuter, Magnum s'empare du BDR pour l'étudier de plus près : « On dirait vraiment une Apple Watch ! ». « Fais voir ! », demande Gyrophare avant d'allonger le bras et tendre la main pour saisir à son tour le bracelet. Magnum le lui tend, Ayoub s'amuse à mimer un son électrique en criant : « BZZZZTT ! ! » au moment où Gyro s'en empare, ce dernier bondit en faisant sauter la table, Magnum hurle : « PUTAIN ! ! ! AYOUB ! ! SALE CON ! ! ! ». « J'ai failli faire une crise cardiaque avec tes conneries ! ! ! », lui crie Gyro. Ayoub se tord de rire.

— S'il vous plaît, s'il vous plaît, *demande Caspian,* j'ai une dernière chose à vous annoncer. S'il vous plaît ! Merci...Lex et moi voulions vous annoncer notre décision de recruter un quatrième superviseur.
— Ah bon ?
— Oui. Tourner à quatre permettra de réduire votre temps de vacation. Et concernant le profil, on a décidé de prendre quelqu'un d'extérieur à l'aéroportuaire. Ce ne sera pas un recrutement en interne. On recherche quelqu'un de complètement étranger à ce milieu. Et ça, c'est un vrai choix. Lex et moi cherchons à recruter une personnalité...atypique, on va dire. On a lancé plusieurs pistes, notamment via Pôle emploi. Nous allons avoir des entretiens, nous vous tiendrons informé.

**
*

C'est l'un de ces moments dont on n'ose faire remarquer qu'il s'éternise par peur de se faire rabrouer. Cela fait plus de dix minutes que le conseiller Pôle emploi regarde son écran, cliquant d'un onglet à l'autre, ignorant complètement Paul HAMPLOUA assis en face de lui. Lassé d'attendre, son regard passif derrière ses lunettes rondes, les mains posées à plat sur les cuisses tel un petit garçon venant de commettre une bêtise, Paul ose enfin demander de sa voix fluette : « Ce...c'est bon ? ». « Deux secondes... », répond le conseiller du bout des lèvres, sans même le regarder, tout en continuant à cliquer. « Voilà... », conclu-t-il au bout de cinq longues minutes : « Je vous ai décroché un entretien d'embauche dans le secteur des métiers de l'accueil ».

— D'accord, *se contente de répondre Paul.*

— (*Il décolle les yeux de son écran et le regarde)* L'accueil, y'a rien de compliqué. Vous pouvez le faire, non ?

— Si, si...et...ce...c'est de la vente ?

— C'est dans un golf.

— D'accord...

— Comme je vous l'ai dit, il n'y a rien de compliqué. Vous êtes seulement chargé d'accueillir les clients. Alors, c'est vrai, il s'agit d'une clientèle un peu huppée, un peu tatillonne, donc avec des exigences particulières, mais le job reste le même. L'accueil, c'est partout pareil.

Le demandeur d'emploi saisit la fiche de poste que lui tend son conseiller, puis il se lève et se dirige vers la porte. « Il y'a juste une spécificité... », précise son conseiller. « Une spécificité ? », demande Paul, en se retournant vers lui.

— Hum...je...en fait, ce golf propose également une prestation FPA pour celles et ceux qui veulent *partir.*

— (*Il se retourne complètement, les bras le long du corps, garde la tête droite, regarde vers la gauche, puis regarde de nouveau son conseiller)* Et… ?

– Pour faire simple, ce golf est divisé en deux parties. Une partie pour les joueurs, et l'autre pour ceux qui souhaitent réaliser leur FPA. Et vous, si vous réussissez votre entretien, vous serez chargé d'accueillir les clients souhaitant réaliser leur FPA. C'est plus clair ?

– Euh…je…comment est-il possible de réaliser sa FPA dans un golf ? C'est quoi la prestation ?

– Ah, ça…vous le découvrirez par vous-même, si vous réussissez votre entretien…

– *(Il marque un moment de réflexion)* Bon…

– Quoi ?

– Non, je…c'est juste que j'ai toujours pensé que les gens aisés étaient davantage longs-termiste que courts-termiste, qu'ils souhaitaient mourir le plus tard possible. Pour profiter, quoi.

– Moui, non, moui, c'est paradoxale, c'est vrai. Après, on ne sait jamais ce qu'il y a dans la tête des gens. La clientèle du golf, c'est beaucoup de personnes âgées, ça peut être des gens qui sont malades, je ne sais pas. Mais bref, contentez-vous seulement de faire le job, sans faire de vagues, *(il joint religieusement les mains pour appuyer avec force sa dernière injonction)* S'IL VOUS PLAÎT !

**
*

Une salle de pause au confort correct et à l'équipement minimal. Un frigo, un four à micro-ondes, une table, un canapé, et, planquée dans un coin, une de ces plantes vertes qui ne crèvent jamais ainsi qu'un groupe de jeunes CDD *vingtenaires* en plein débat à propos de la dangerosité des réseaux sociaux. « Ma sœur elle dit qu'il faut toujours privilégier Facebook, Snap ou Insta pour poster ses stories plutôt que sur WhatsApp parce que c'est sur cette appli que les gens peuvent te vouloir le plus de mal », déclare une CDD, attablée, grignotant sa salade feuille par feuille à l'aide d'une fourchette en plastique et vêtue comme ses collègues dans le respect du code vestimentaire imposé pour tous les salariés du golf. Un polo bleu marine à manches courtes ou longues selon la saison, un pantalon chino beige clair et des baskets plates en toile blanche griffées Lacoste.

— Sur WhatsApp ? *L'interroge son collègue, affalé sur le canapé.*

— Bah oui, il est aussi possible de poster des stories sur WhatsApp, sur « statut », en bas à gauche de l'appli. Sauf que, parmi les contacts enregistrés dans ton répertoire, tous n'ont pas forcément accès à tes autres réseaux sociaux, en revanche, ils peuvent avoir accès à tes instants de vie, sur WhatsApp, à travers tes stories.

— Quels gens ?

— Bah je ne sais pas, ne me dis pas que TOUS les contacts enregistrés dans ton répertoire téléphonique ont également accès à ton Snap, Insta ou autre ? Genre j'sais pas, ton garagiste, ton patron, certains collègues, le mec de l'assurance, ton banquier, ton prof de fac, ton chargé de TD ? T'es ami avec eux sur Snap ou Insta ?

— Sûrement pas, non. *Reconnaît le jeune homme.*

— Bah voilà. Et ces gens-là, parce qu'ils sont enregistrés dans ton répertoire téléphonique, peuvent donc avoir accès à ta vie, via tes stories, et te vouloir du mal surtout si tes statuts font envie et créent de la jalousie. C'est du vaudou numérique. C'est ma sœur qui me l'a dit.

— Et comment elle sait tout ça, ta sœur ?

— Elle l'a lu sur internet.

— Pfff, tout ça c'est des conneries. Faut pas croire tout ce que tu lis sur internet, sinon t'en sors jamais ! C'est comme cette histoire de justicier qui fait tousser les immeubles et..

« Moi j'y crois ! », l'interrompt d'une voix rigolote, cette pétillante CDD en déboulant bruyamment dans la salle de pause, sa salade en boîte dans les mains et son air malicieux de petite teigne.

— N'importe quoi, c'est une légende urbaine, *affirme son collègue*, les immeubles qui toussent et les logements qui sautent, c'est de la faute du réchauffement climatique. C'est ce qu'ils disent à la télé.

— Faux, ce type existe vraiment, *soutient la jeune femme en prenant place sur le canapé, déballant sa salade.*

— C'est surtout le genre d'histoire qui se raconte au coin du feu, *réaffirme son collègue.*

« C'est d'abord l'histoire entrepreneuriale d'un type qui s'est fait avoir autrefois par le salariat », raconte la jeune femme en posant délicatement sa salade sur le côté pour sortir son smartphone et ouvrir une page internet consacrée au Démolisseur mais présentée comme une « Fan page » par un site secrètement administrée par Praline et alimentée en texte par Daymol dans le but de nourrir son histoire et construire sa propre légende. Les yeux sur son téléphone, la pétillante CDD lit à voix haute : « Un ancien employé d'entreprise qui, sous prétexte de *team building*, s'est fait exploiter pour effectuer des tâches à la con sauf que le jour où il a osé demander le paiement de ses heures supplémentaires, il s'est fait convoquer par sa direction pour être mis à pied. ». Elle lève ensuite le regard vers ses collègues et précise : « C'est là que le type a vrillé. Il s'est levé, il a verrouillé la porte du bureau et il a passé à tabac toute la direction. Il leur a botté le cul avant de disparaitre des écrans radars. Il a ensuite monté sa boîte, un business dans l'immobilier ou le BTP, et ça a cartonné, discrètement, mais ça a cartonné quand même. », puis elle se remet à conter : « Cette indépendance financière lui a permis de mener sa vie comme il l'avait souhaité, de se déplacer où il voulait, quand il le voulait, en évitant les heures de pointe « énervogènes » auxquelles sont habituellement soumis tous les salariés enchaînés à des horaires fixes, les dépendants économiques, comme il les appelle », précise-t-elle, avant de reprendre sa lecture : « jusqu'au jour où il surpris sa nana au lit avec un autre mec, un *loser*, un gras du flan qui écoutait sous la douche des podcasts *Comment devenir millionnaire* et dont la seule activité physique était le badminton. » Elle décolle les yeux de son écran et annonce à ses collègues : « C'est VRAIMENT là que tout a commencé. Des cris, des larmes, des échanges de mots, et puis cette menace qu'il balança à la gueule du gars : « *Et si je foutais une bombe dans ton appartement ?* » ».

— Donc il...il a fait sauter l'appart du mec pour se venger ? *Demande le jeune homme, dubitatif.*

— Non, *affirme-t-elle avant de se remettre à lire*, il les a d'abord kidnappé tous les deux, il les a attachés sur une chaise et leur a fixé à chacun tel un bandeau autour de la tête, une couronne de téléphones portables. Pas une couronne de smartphones, non, mais une couronne faite avec ces téléphones portables à l'ancienne, ces téléphones cellulaires qui ne faisaient que téléphone, ces téléphones qui, avant de recevoir un appel ou un sms, créaient une interférence dans les radios ou les télés au son de « Tudu dute, tudu dute, tudu dute ».

— Y'a vraiment écrit « Tudu dute, tudu dute, tudu dute », sur la page que tu lis ? *Demande le jeune homme.*

— Oui, *répond la conteuse.*

— Je ne comprends pas le concept du bandeau de téléphones portables attaché autour de la tête ? *Interroge la CDD attablée.*

« T'as jamais vu la vidéo des quatre téléphones cellulaires placés autour d'un grain de maïs qui éclate ensuite en popcorn au moment où ils se mettent à sonner tous en même temps ? Les ondes émises par ces anciens téléphones émettent assez de chaleur pour transformer le maïs en popcorn. Sauf que là, c'étaient les têtes de son ex copine et de son amant qui avaient pris la place du grain de maïs. », répond la pétillante CDD tout en reprenant sa lecture, son téléphone dans les mains : « Après leur avoir attaché ce bandeau de cellulaires autour du crâne, le Démolisseur à partir d'un seul téléphone leur a fait exploser le caisson en faisant sonner tous ces appareils simultanément. Sous la puissance des ondes leur tête a explosé en mille morceaux sur le son de *Somebody to love*, de Queen, qu'il avait mis en fond sonore. ».

— Non mais N'IMPORTE QUOI ! ! *Répond le jeune homme.*

— Tout est vrai, c'est sur internet, suffit de fouiller ! *Affirme-t-elle en exposant à tous l'écran de son smartphone.*

— Et c'est suite à ça qu'il s'est mis à faire sauter des apparts ? *Demande le jeune homme, moqueur.*

— Oui ! Il s'est formé tout seul grâce à des astuces et des tutos dénichés sur le dark web. (*Elle pose sa salade sur le côté, monte sur le canapé et brandit sa fourchette comme une épée)* Il marche tête baissée, garde toujours un œil sur son environnement, regarde derrière son épaule et scanne les lieux partout où il va. Il reste hyper vigilant ou parano, voire les deux. Il se fait invisible et quand il sent un regard sur lui, il tourne la tête et change de trajectoire. Il ne regarde personne mais nous observe tous ! *Termine-t-elle, théâtrale.*

— Pffff, faire éclater des têtes avec une couronne de téléphones portables, mais n'importe quoi ! Tu as le cerveau complètement ramolli à force de lire ces âneries complotistes sur internet.

— Et même qu'askip, *rajoute-t-elle en pointant sa fourchette vers lui.* c'est surtout le mauvais service à la personne qui le rend dingue ! Face à l'arrogance de certains dans les métiers de service, il sourit et dit, sourire en coin, « *Vous devez sûrement avoir un bel appartement...* », avant de faire tousser quelques jours plus tard le logement du connard.

— Pfff ! Tu parles de cette légende urbaine comme d'une série Netflix, *se lamente-t-il.* Allez, termine ta salade et retourne bosser sinon Romane va encore te tomber dessus.

La pétillante jeune femme se rassoit sur le canapé et reprend sa salade : « Que je sois en retard ou pas, de toute façon, Romane est occupée, elle fait passer un entretien d'embauche ».

— Oui, *confirme la CDD attablée,* elle est dans son bureau avec un grand mec taillé comme une asperge.

— Oui, un blond aux cheveux mi-longs. Je les ai vu en passant devant le bureau, *ajoute la pétillante CDD.*

**
*

« Alors, on part d'abord sur un CDD. J'ai surtout besoin de vous pour la partie FPA du golf, pour accueillir les clients qui souhaitent mettre fin à leur parcours », lui explique Romane, la quarantaine tonique, tout en triant pressement un tas de papiers : « Désolée, je suis vraiment dans le rush », s'excuse-t-elle avant de stopper son tri et de poser son regard sur lui : « L'accueil, c'est dans vos cordes ? ». Droit sur sa chaise, Paul roule le regard à gauche, à droite, puis il répond : « Euh...oui ». « Bien. La presta FPA, c'est tout nouveau pour nous. Avant, nous étions un club de golf des plus classiques. Mon mari et moi sommes des passionnés, je parle de golf, hein, pas de FPA, même si chacun à le droit de faire ce qu'il veut. Et on a galéré pour obtenir toutes les autorisations. Pour tout ce qui concerne les charges explosives, c'est une procédure très longue et particulièrem.. ».

— Des charges explosives ? *L'interrompt Paul.*

— Oui. Ah, pardon, j'aurai peut-être dû commencer par ça. En gros, les clients désirant réaliser leur FPA chez nous sont enterrés jusqu'au cou dans différents endroits du green. Y'a que la tête qui dépasse. Ils sont placés dans une zone dédiée, hein, on ne les mélange pas avec les autres joueurs. Et ce sont ensuite nos bourreaux, habillés et équipés comme des golfeurs, bourreaux certifiés par l'état, je le précise, chez nous tout est carré, qui sont chargés de leur exploser la tête en leur envoyant des balles de golf explosives. C'est une charge suffisamment puissante pour faire éclater un crâne humain, voire un corps entier. Alors, le problème qui peut parfois se poser, c'est le loupé. C'est-à-dire que nos bourreaux ne visent pas tout le temps du premier coup, ils visent à proximité, ce qui entraîne des blessures graves au niveau de la tête mais sans provoquer de décès. Donc ils doivent s'y prendre à plusieurs reprises jusqu'à ce que le client décède pour de bon. Alors...c'est pas joli joli à voir, hein. C'est...comment dire...faut s'accrocher, quoi. Mais restons sur l'accueil, c'est très très très important de BIEN les accueillir parce que, vous l'avez deviné, cette presta FPA représente un certain coût. Donc l'accueil personnalisé, souriant, est très très très important.

— D'accord...*répond-il, interrogeant du regard un objet fixé au mur.*

— Qu'est-ce que vous regardez ?

— Ça, *répond-il, désignant l'objet du menton.*

— *(Elle se retourne pour regarder la croix chrétienne fixée au mur)* Ah, oui. Mon mari et moi sommes assez religieux.

— J'ai toujours pensé que les cathos étaient radicalement opposés à la FPA. Ce sont souvent eux qui manifestent devant les centres SDS.

— Heum...moui...oui. Alors, après, faut savoir distinguer le business et la vie privée. Et ici, c'est le business.

Elle ouvre un tiroir et en sort un book photo : « Tenez, prenez-le. C'est un album compilant des photos de corps très abîmés. Des corps...déchiquetés, en fait. Ce sont des photos de guerre. Je vous conseille de les regarder à tête reposée, c'est ce que je recommande à mes employés, ça permettra de vous préparer. Alors, vous serez à l'accueil, donc à priori, vous n'avez pas de raison d'assister à l'exécution des FPA, sauf si vous le souhaitez, mais bon, sait-on jamais. Au moins, avec ces photos, vous serez préparé ».

**
*

« Ça a été ta journée au golf, mon chéri ? », lui demande sa mère, depuis la cuisine, en entendant claquer la porte d'entrée. « Journée fatigante, mais ça va. On a un nouvel agent d'accueil, un grand blond taillé comme une asperge. », répond le jeune homme en polo bleu marine avant de lui déposer sur la joue un baiser mécanique et routinier : « J'espère que ce petit nouveau ne sera pas effrayé par les collègues qui racontent des histoires à dormir debout ! », rajoute-t-il.

— Quelles histoires ? *Lui demande sa mère.*

— Bôh, rien, des âneries complotistes, comme d'habitude, des histoires de couronne de téléph…au fait, où ranges-tu ta boîte de vieux téléphones cellulaires, là ?

— Ceux que je récupère avec mon association de quartier pour le recyclage des produits électroniques ?

— Oui.

— Dans le cellier, sous la vieille commode. Notre voisin devait passer les récupérer mais il a décidé de réaliser sa FPA avec un peu d'avance, résultat, je vais devoir les déposer moi-même ce soir.

— Il a réalisé sa FPA ? Comme ça ? Sans prévenir ? Sans même organiser une fête de départ ?

— (*Elle pose les poings sur les hanches)* Son fils, celui qui vend des voitures, il a été victime du réchauffement climatique, l'immeuble dans lequel il avait son appartement a toussé, son logement a été carbonisé. Ça l'a anéanti, il a réagit à chaud et s'est rendu chez *Slingshot and co* dépenser toutes ses économies pour réaliser sa FPA en posant ses fesses sur un lance-pierre géant et se faire éclater contre un mur. Quand son père l'a appris, il n'était évidemment pas préparé à ce que son fils mette fin à son parcours aussi brutalement, comme ça, du jour au lendemain. Alors il s'est rendu dans un centre SDS pour s'endormir pour toujours. Dans un centre SDS, non mais quelle idée ! Mourir de manière aussi minable, c'est dire à quel point le vieil homme était affecté. Mais bref. Conclusion, je vais devoir déposer moi-même ces vieux téléph..

— Non, je m'en charge. Ne t'inquiète pas, j'irai les déposer pour toi. J'aime rendre service…

Le jeune homme quitte immédiatement la cuisine : « Tu as dis, sous la commode, c'est bien ça ? ». « Oui !

Merci mon chéri ! ». « De rien ma petite mamounette ! ». Suivi dans sa marche par *Cougar*, l'amical bichon maltais familial, le vingtenaire se dépêche de gagner le cellier. Plus d'une heure de manipulation technique lui est nécessaire pour, d'une part, fixer solidement quatre téléphones cellulaires fonctionnels contre la face collante d'une bande de Chatterton, et, d'autre part, achever le paramétrage de ces vieux appareils pour leur permettre de sonner en même temps à partir d'un seul appel téléphonique. « Cougar ! Viens ici, mon petit chien, viens ici ! Allez, viens me voir mon petit toutou, n'aie pas peur... », appelle-t-il, d'un ton mielleux. Allongé sur le sol du cellier, réactif et joueur, le bichon se précipite vers son maître qui s'empare de lui pour lui scotcher autour du corps ce harnais d'un nouveau genre. Loin d'être complètement idiot, le chien pressent l'arnaque et émet un « *Kaï ?* » interrogateur. « Ça va aller, ça va aller », le rassure son maître : « C'est juste pour faire un test », dit-il avant de reposer son familier sur le sol. Alourdi par le poids de cette ceinture électronique rendue difficilement détachable par la forte adhérence du Chatterton, le *chien-mikaze* se décourage assez vite et abandonne son entreprise de vouloir se libérer de son gilet explosif. Il cesse de tourner sur lui-même et adopte une position statique, suppliant son maître du regard pour le convaincre de ne pas aller au bout de cette expérience qu'il devine d'emblée comme démoniaque : « *Kaï...* ». « Ne t'inquiète pas, je suis sûr que ce sont des âneries. Mais je veux quand même être sûr », répond le maître à son bichon maltais, debout et téléphone à la main, avant de composer l'unique appel qui répandra sur les murs de la pièce une canine bouillie maltaise.

**
*

« Tu te prépares psychologiquement à réaliser ta FPA par Front Truck ? », lui demande Victor, son colocataire, torse nu, une serviette de bain nouée autour de la taille, debout dans ce grand salon en forme de carré et penché au-dessus de l'épaule d'un Paul assis sur le canapé en train de feuilleter un book-photo de corps déchiquetés. « Comment ? », demande l'éternel demandeur d'emploi, tournant et levant la tête vers lui. « Les photos que tu regardes, là, ce ne sont plus des corps, c'est d'la bouillie. Ce sont des morts par Front Truck ? », réitère-t-il avant de se pencher un peu plus pour analyser ces clichés de plus près : « Puré, ces gens-là devaient être riches pour s'offrir une FPA par Front Truck ! », commente le comédien intermittent qui aime se présenter comme « issu du milieu du théâââââtre », et attendant désespérément qu'on lui accorde un jour le rôle de sa vie. « Ce sont des photos de guerre... », rectifie Paul en refermant le book.

– Hein ? Mais pourquoi tu t'amuses à regarder ça ?

– Je ne m'amuse pas, c'est pour mon nouveau taf, *répond Paul HAMPLOUA de sa voix monocorde.*

– Un nouveau taf ? ! T'as un nouveau taf ? T'AS UN NOUVEAU TAF ? ! ? ! HEEEY ! ! PAUL A UN NOUVEAU BOULOT ! ! !

Telle une gerbille alertée par un jet de graines versé par le haut à l'intérieur de sa cage, Alex passe une tête furtive dans l'entrebâillement de la porte de sa chambre située au même niveau que le salon : « Paul ? Un nouveau job ? ! T'as un nouveau job ? ! », interroge la comédienne intermittente de sa voix rauque. « Putain... », se lamente Paul, posant le book sur le côté, se prenant la tête entre les mains, agacé.

– Si, il a un nouveau boulot ! Je l'ai surpris en train de potasser un book-photo ! *Dénonce Victor.*

— Un book-photo ? C'est pour un casting ? Je peux voir ? *S'intéresse Alex, en sortant de sa chambre.*

« Ecoutez je...c'est juste un nouveau travail je...je veux rester discret et je... », tente d'expliquer Paul, embarrassé, avant d'être ramené à la réalité par Victor : « Hey, monsieur le fils de bonne famille, t'as choisi de vivre dans une coloc d'artistes, ici on partage tout, mec ! C'est que de la bienveillance ! ». « Fais voir ton book-photo ? », demande Alex en s'emparant de l'album. « NON ! Ce n'est pas le genre de photos que tu.. », l'alerte Paul avant de se faire souffler par une déflagration désapprobatrice : « PUTAIN MAIS C'EST DEGUEULASSE DE REGARDER CA ! ! ! C'EST HORRIBLE ! ! ! ! », hurle la comédienne en jetant le book au sol.

— Je suis obligé, c'est pour mon nouveau job !

— MAIS T'ES COMPLETEMENT MALADE ! ! ! *Hurle-t-elle.* C'EST QUOI CE NOUVEAU BOULOT ? !

— (*Il se lève et ramasse le book)* Je suis agent d'accueil dans un golf qui propose aussi une presta FPA.

— Ah ouais ? *se calme aussitôt la comédienne.* Genre, si un jour ça ne va plus dans ma vie, tu peux m'avoir un prix si jamais je décide de mettre fin à mon parcours ?

— (*Debout les bras le long du corps, book-photo dans une main*) Euh...bah je n'ai pas encore commencé et j'ignore si j..

« Paul a un nouveau travail ? ! », lance une voix en provenance de l'extérieur. « Oui ! ! », crie Victor en se rendant sur la terrasse pour répondre à cette voisine accoudée à sa fenêtre. « Okey, les paris sont ouverts !...combien de temps va-t-il garder ce job ? ! », hurle la voisine en riant.

— Nan, nan, arrêtez, là. Ça devient gênant et j...*dit Paul.*

— Je lui donne trois semaines ! *Lance Alex, dans un éclat de rire.*

— Oooooh ! T'es dure, *lui reproche Victor*, moi je lui donne un mois avant de se faire virer !

— QUATRE JOURS ! ! ! ! *Lance la voisine.*

**
*

Ce joli petit brin de fille affichant un sourire permanent lui confie du haut de ses vingt ans avoir laissé tomber Science Po pour faire le choix de se mettre à son compte en tant que bourreau intermittent :

— C'est pour ça que j'ai voulu créer ma société, j'étais surtout pressée de gagner de l'argent tout en exerçant un métier qui a du sens, *lui dit Clémence, debout dans cette pièce, une balle de golf dans la main*, et puis j'ai des projets. Je souhaite très vite acheter mon premier appartement, le mettre en location, en acheter un autre. Mais je ne bosse pas qu'ici, au golf, je réalise aussi des prestas FPA à domicile. Mais bon, ces interventions-là ne me rapportent pas beaucoup...

— Pour quelle raison ? La demande est trop faible ? *Lui demande Paul HAMPLOUA, de son apathie habituelle, debout dans cette pièce, les bras le long du corps.*

— Disons que pour réaliser une FPA à domicile, le court-termiste doit obligatoirement avoir une baignoire, sinon t'as pas le droit puisque la loi n'autorise qu'une seule manière de réaliser sa FPA à domicile, celle de mettre fin à son parcours en se faisant trancher l'artère fémorale, et pour ça, faut une baignoire pour évacuer les litres de sang sinon t'en fous partout, ça fait pas pro. Sans compter qu'une FPA à domicile oblige le court-termiste à acheter la commercialité de son logement. C'est-à-dire qu'il paye un certain montant, calculé en fonction du nombre de mètre carré, afin d'obtenir l'autorisation préfectorale de *partir* à domicile. Donc non seulement tu payes pour réaliser ta FPA, mais EN PLUS, tu dois ENCORE payer pour obtenir le droit de la réaliser CHEZ TOI. C'est un bordel sans nom, mais la loi est en train de changer. Donc des prestas comme ça, j'avais dû en faire deux ou trois, pas plus. La formation d'Etat pour apprendre à trancher une artère fémorale dure deux jours. Deux jours intenses. Le premier jour, on s'entraîne sur des mannequins, et le deuxième, sur des cochons. On les place dans une baignoire et SHLAK ! un coup dans la gorge. De toute façon, le geste est le même. Faut juste avoir suffisamment de force dans les bras pour maintenir ce corps en place dans la baignoire. Je t'assure, un corps qui se vide de son sang convulse aussi violemment qu'un poisson hors de l'eau !

— Elle s'appelle comment ta société ?

— Dèdadom.

— Dèdadom ?

— Oui, Dèdadom. *Dead à Domicile.* Au départ, je voulais l'appeler Moradom, *Mort à Domicile*, mais c'était déjà pris. Mais c'est cool, je suis contente, c'est super sympa de bosser comme prestataire pour un golf ! Et j'ai développé un super swing ! Hi hi hi !

— Tu jouais déjà au golf, avant ?

— Ah mais pas du tout ! Tous les bourreaux sont formés ici par Carlos. Carlos le Portos, c'est comme ça qu'on l'appelle, c'est le tuteur des bourreaux. Tu verras, il est sympa, il fait souvent des blagues à la con. Par contre, ne critique JAMAIS le Portugal devant lui, surtout quand il s'agit de foot ! Et peut-être qu'un jour, il t'apprendras à lancer des balles sur les crânes des..

— Euh, non non. Je suis seulement agent d'accueil et c'est très bien comme ça.

— D'accord…mais c'est très bien ! Même à l'accueil, tu sais que tu peux te faire un nom dans le milieu du golf ?

— Parce qu'il existe un milieu du golf ? *Demande Paul, perplexe.*

— Oui, bien sûr. Surtout pour les CDD, les saisonniers. C'est un petit monde. Et si tu fais du bon travail, tu pourras être recommandé ici et là, tu trouveras du taf très vite.

— (*Tête droite, les bras le long du corps, il regarde vers la droite, puis repose son regard sur elle)* D'accord…

« Bon, allez, reprenons ! Tu fais comme je t'ai montré ? », lui propose Clémence, mettant en évidence la balle de golf qu'elle tient dans la main. La formation de Paul se déroule dans une salle insonorisée, quasi anéchoïque, située dans les sous-sols du golf, en dessous du hall d'accueil. Le rembourrage des murs renforce le caractère silencieux de cette pièce dont aucun son ne peut filtrer en dehors grâce à ses murs acoustiques en cônes de fibres de verre. « Donc », reprend-elle : « La balle de golf est dotée d'une charge explosive qui ne s'active qu'après trois chocs, d'accord ? Alors, je te remontre une troisième fois, ensuite ce sera ton tour. ». Clémence cogne la balle contre la tranche d'une table en métal solidement fixée au sol : « Un coup sec », précise-t-elle, avant d'ajouter : « Une fois que tu l'as cogné, tu la remets au bourreau qui vient récupérer sa balle directement à l'accueil. C'est toi qui la lui remets, tu ne remets QU'UNE SEULE balle à la fois, d'accord ? Le deuxième choc sera celui du point d'impact entre le club et la balle au moment où le bourreau la frappera pour l'envoyer sur la tête du court-termiste. Et le troisième choc sera celui de la balle contre la tête du client…en partant du principe que notre bourreau visera juste du premier coup. Autrement, elle explosera quand même mais un peu plus loin sur le green, d'accord ? ».

— D'accord...*répond Paul, le regard distrait.*
— Qu'est-ce qu'il y a ?
— Ces tâches sur les murs, c'est...
— Ah...oui. Disons qu'au début, y'a eu quelques accidents pendant les formations. Je ne travaillais pas encore ici à ce moment-là. Mais bon, ça, c'était avant. Je te rappelle que la balle que je tiens dans la main est un échantillon factice. Ça te rassure ?
— (*Il prend la balle*) La charge ne s'active qu'après le troisième choc. Premier choc, c'est moi en frappant la balle contre le comptoir de l'accueil. Deuxième choc, le club du bourreau qui frappe la balle, troisième choc, la balle qui frappe la tête du client.
— Et boom...
— Et boom, *répète Paul.*
— (*Poings sur les hanches*) Je crois qu'on est bon pour commencer les travaux pratiques.

**
*

« Ça va ? Tu tiens le coup ? Mets-toi sur le côté si t'as envie de vomir », lui recommande Clémence, bienveillante. « C'est...ce... », bégaie Paul, scrutant devant lui un paysage vert et plat, le fameux green dédié à la prestation FPA. Une zone d'herbe rase dans laquelle sont plantés jusqu'au cou les corps de plusieurs dizaines de courts-termiste. Les emplacements de ceux et celles dont les têtes et le contenu se sont déjà étalés sur le sol renvoient de loin à une image de mûres écrasées. Un paysage d'horreur, aujourd'hui normalisé et accepté de tous, résultat de toutes les soumissions passées. La mue finale d'un monde diabolique autrefois présenté comme progressiste. Un renouvellement total des affects au lendemain d'un clair-obscur où toutes les victoires compilées par les monstres aux commandes, remportées année après année, ont abouti à la création de cette toile sociétale, cette toile impressionniste de mauvais goût.

— J'avais pourtant feuilleté le book-photo que m'avait prêté Romane…mais là…*analyse Paul, plissant le regard pour affiner sa vision.*

— (*Observant le green à la jumelle)* J'avoue que je n'ai jamais vu autant de matière cérébrale depuis que je bosse ici. Tu veux mes jumelles pour mieux voir ? Nous en utilisons pour mi..

— Nan nan Clémence, merci. Pas de jumelles…

— (*Passant le green à la jumelle)* Hum…en tout cas tu as de la chance, je constate qu'il n'y a eu aucun loupé aujourd'hui.

— Par contre…où sont passés tous les bourreaux ?

— (*Elle décolle ses jumelles et le regarde)* C'est la pause dèj.

« Karaiiiiille ! ! ! ! ! », crie Carlos en portugais, arrivant par derrière, club à la main. « Putain, il m'a fait sursauter ce con ! », réagit Clémence en râlant. « Alors, on a un p'tit nouveau parmi les bourreaux ? », demande ce personnage petit et rond, se dirigeant vers eux en toute décontraction.

— Carlos, je te présente Paul. C'est notre nouvel agent d'accueil.

— Paul ? Tu es Paul-Tugais ? Pfrfrfrfr ! ! ! *Le salue Carlos en pouffant de rire.*

« Coucou Clémence ! Tu viens dèj ? ? », l'appelle au loin, l'une de ses collègues. « Je vous rejoins ! J'éclate d'abord une tête pour le nouveau et puis j'arrive ! », répond la jeune entrepreneuse.

— Blague à part, je sais que c'est le nouvel agent d'accueil. Vu la maigreur de ses bras j'ai vite compris qu'on ne l'avait pas embauché pour creuser à la pelle des trous FPA sur le green pfrfrfr ! *Rigole Carlos.*

— Roooooh, t'es bête ! *Le rabroue gentiment Clémence.*

**
*

« J'en peux plus de vous… », se lamente son conseiller Pôle emploi, effondré derrière son bureau. Assis sur une chaise, embarrassé et tête baissée, Paul garde le silence. « Mais c'est quoi votre problème, putain ? Mais d'où vous sortez ? Qui vous a pondu ? », rajoute le conseillé, dépité. « Je…je n'ai pas…je ne sais même pas si la faute vient de moi, je… », tente d'expliquer l'éternel demandeur d'emploi.

— Vous avez fait exploser un type de 95 kilos, putain ! ! Le premier jour de votre embauche ! !

— Ce…ce n'est pas vraiment moi, je..

— Vous avez été formé ? ! Vous avez été formé à la manipulation des balles explosives ?

— Ecoutez, la personne qui m'a formé tenait dans sa main une balle factice. Et quand on est arrivé sur le green, on m'a remis une balle fonctionnelle sauf que quand j'ai voulu l'activer je..

— (*Il se redresse sur sa chaise, croise les bras)* Oui, allez-y, racontez-moi une belle histoire, allez-y, je vous écoute.

— (*Désemparé)* Monsieur…j'essaie seulement de vous expliquer que..

— Bah moi je vous explique que la balle qui a été frappée par le tuteur des bourreaux avait déjà été frappée deux fois !

— Mais PAS par moi ! ! Je n'étais même pas présent sur le stand.

— Oui, ça je le vois, votre formatrice et vous avez eu beaucoup de chance, vous vous en sortez tous les deux sans une égratignure. Et pendant ce temps, vos anciens collègues sont toujours en train de ramasser les morceaux du...je...j'en ai marre de vous. J'ai toujours voulu vous aider, vous arranger, mais on dirait que vous...pffff, c'est sans espoir. Je n'y crois plus.

Paul se lève et se dirige lentement vers la porte, les bras le long du corps.

— Paul ?
— Oui ? *Répond-il en retournant la tête.*
— *(Sans le regarder, triant des papiers, s'exprimant plus posément)* Heum...nous avons été contacté par la direction opérationnelle du groupe ADF, Aéroport De France.
— Et ?
— *(Serrant les dents)* Ils...ils ont consulté votre CV sur le site du Pôle emploi et...ils souhaitent vous recevoir en entretien. Ils ne nous ont pas laissé le choix, ils ont vraiment insisté.
— Ok...
— C'est...c'est pour un très gros poste. Un poste de Superviseur à l'aéroport d'Orly. Vous recevrez le détail par mail, ainsi que la date de convocation.

Paul acquiesce d'un signe de tête, il se retourne vers la porte et saisit la poignée.

— Une dernière chose, Paul...
— Oui ? *Demande-t-il, retournant la tête une seconde fois.*
— *(Quittant ses feuilles du regard)* Même s'ils ne m'ont pas écouté, sachez que je m'y suis opposé.

**
*

Orly, Terminal 4, locaux administratifs. L'entretien se déroule dans le bureau de Caspian. Installé dans un fauteuil à droite du chef d'établissement, Lex PAIRE communique son enthousiasme en affichant à l'égard du candidat une sympathie à la Joey TRIBBIANI. C'est avec un regard doux et bienveillant qu'il parcoure les lignes de son CV sans ne jamais formuler au jeune homme le reproche de n'avoir su garder un job plus de quatre jours. Etrangement, c'est ce parcours en dent de scie qui semble avoir séduit l'expert en questions aéroportuaires :

— Monsieur HAMPLOUA, je vois que vous avez travaillé dans un centre SDS, *pointe-t-il.*

— Oui, je...je passais le chiffon sur les sarcophages, *répond Paul.*

« Et...vous avez démissionné, ou... ? », l'interroge Caspian, assis derrière son bureau, coudes sur la table, les mains en boule rentrées l'une dans l'autre, menton posé sur les festons formés par ses phalanges. « Je...je me suis retrouvé au chômage technique après un incident », répond Paul, assis, droit sur sa chaise, mains à plat sur les cuisses.

— Mouais, c'est vrai que j'ai eu vent que les centres SDS n'étaient plus si fiables que ça. Une rumeur court sur une histoire de corps qui explosent, *se lamente Caspian.*

— Votre dernier emploi, c'était dans un golf, en tant qu'agent d'accueil, c'est bien ça ? *Poursuit Lex.*

— C'est ça, pour la partie FPA du golf, plus précisément.

— Vous n'avez fait qu'une seule journée ? *Demande Caspian.*

— Oui, mon...enfin, le tuteur des bourreaux est décédé au cours d'une session de formation.

— Moi, quand je regarde votre CV, vous m'avez l'air de quelqu'un qui cherche sa place, *analyse Lex.*

— Et si vous n'avez pas prévu de faire votre FPA dans les semaines ou mois à venir, il se pourrait que votre place soit parmi nous, *sourit Caspian.*

Le ping-pong argumentaire commence, Lex frappe la balle en premier :

— Alors, il faut savoir que le Superviseur, durant sa vacation, il est surtout derrière ses écrans pendant au moins dix heures.

Très réactif, le chef d'établissement frappe au rebond :

— L'aéroport d'Orly est divisé en cinq établissements, l'accueil en est un, et c'est nous qui gérons ce pôle-là, ce que nous appelons le Welcoming. Et notre défi chez ADF c'est de faire rayonner l'aéroport d'Orly qui est une vitrine touristique de l'excellence à la française !

— Votre mission est la supervision au jour J de la prestation Welcoming, de vous dépend l'efficacité opérationnelle de la régulation, *précise Lex.*

— C'est ça, vous êtes clairement dans l'opérationnel, donc en permanence dans l'action.

— En plus de la régulation, vous aurez également à gérer l'aspect humain, on parle ici de près de deux cent agents sur tout un aéroport.

— Alors, euh…ce sont surtout des *très jeunes* dont c'est le premier travail. Ils nous sont envoyés par la mission locale ou, comme vous, via le Pôle emploi. Il va falloir apprendre à vous faire respecter d'autant plus que votre jeune âge peut créer chez eux un phénomène d'identification pouvant engendrer un excès de familiarité. Ne vous faites pas avoir. Votre pire ennemi, c'est le copinage. C'est le meilleur moyen de flinguer votre management.

— Alors, comme Lex l'a dit, vous êtes principalement derrière vos écrans, mais il faudra parfois vous rendre sur le terrain si vous avez besoin de recadrer directement un agent ou simplement pour que les équipes vous voient. C'est important de garder le lien avec le terrain.

Prenant la mesure de l'importance du poste, réalisant la largeur du costume qu'on lui propose, Paul se raidit encore plus, pétrissant ses genoux sous la morsure de ses mains.

— Alors, *poursuit Caspian*, nous avons un process bien spécifique pour le redéploiement des agents sur les zones à couvrir. Tous portent au poignet un BDR, un Bracelet De Redéploiement qui envoie de petites charges électriques. Ce sera AUSSI votre rôle. Bon...nous avons conscience qu'envoyer des chocs électriques peut représenter une charge psychologique assez lourde, mais essayez de voir les choses autrement. Envisagez-le davantage comme...comme un petit coup de booster.

— Voilà, comme avec les vaccins, *renforce Lex.*

— Comme avec les vaccins, *soutient Caspian.*

— Attendez, *dit Paul*, vos...enfin, les agents d'accueil, ils acceptent ça ? ! Ils acceptent le fait de se faire électrocuter au poignet pour se faire redéployer ? !

— Boh, vous savez, ça fait des années qu'on utilise ces bracelets pour le redéploiement des agents d'accueil. Le BDR, c'est un outil spécifique à l'aéroportuaire. D'ailleurs, cette année, ADF offre à chaque agent un tube de Biafine, *répond Caspian.*

Lex pose ses mains sur la tête, s'adosse en arrière, lève le menton, rentre le ventre, inspire profondément et tourne sa tête vers le chef d'établissement : « Le jeune homme a raison, Caspian. L'acceptation par les agents reste un sujet qu'on n'a toujours pas réglé...certains d'entre eux continuent de se plaindre ». « L'exceptionnalité... », murmure Paul.

— Pardon ? *Réagissent de concert, Lex et Caspian.*

— L'exceptionnalité. Faites aux agents une promesse d'exceptionnalité. Se sentir exceptionnel, de nos jours, ça compte énormément.

— Comment ça ? *Demande Caspian, intrigué.*

— Renommez vos agents par des surnoms, des surnoms électriques en lien avec cette problématique, du genre « Elektra », « Flash » ou « Dynamo », histoire de donner un caractère exceptionnel à leur fonction. C'est le même principe que pour les *bullshit jobs*, mettre une dénomination « instagramable » sur un job à la con c'est le meilleur moyen pour flatter l'égo, masquer une misère sociale et valoriser un job totalement inutile et vide de sens. Notre époque traverse une crise de la considération sans précédent, on voit même des gens réaliser leur FPA à la moindre humiliation. Doter un agent d'un surnom rock'n roll, ça valorise, ça lui donnera le sentiment de sortir de sa banalité, et puis ça donne un côté « super héros ». Et au final, n'est-ce pas ce que tout le monde recherche, aujourd'hui, s'extraire de sa banalité et briller aux yeux des autres ?

Lex et Caspian échangent un regard conquis : « C'est lui qu'il nous faut ».

**
*

« D'un point de vue opérationnel, le Superviseur, c'est l'équivalant sur le terrain d'un commissaire divisionnaire », poursuit Caspian, remontant d'un pas pressé les couloirs souterrains du Terminal 4. « Vous êtes la tour de contrôle, mais du sol, si on peut dire », rajoute Lex, marchant à ses côtés dans ces allées sombres aux murs jaunes et grumeleux éclairées par un dispositif hors d'âge, industriel, capricieux et fatigué. Attentif, Paul évolue sur le même pas au rythme de leurs explications.

— Sur le terrain, vous pourrez vous appuyer sur vos chefs d'équipe qui seront vos yeux et vos oreilles. Ainsi est organisée la chaîne de commandement. Il y a le Superviseur, les chefs d'équipe et les agents. Vous allez tisser grâce à eux au sein de l'aéroport un véritable réseau pour les remontées d'information. Comportement des agents, problématiques de sécurité, urgence sanitaire, bagages abandonnés. Le Superviseur, c'est le type le mieux informé de l'aéroport.

— En gros, pendant votre vacation, ce sera vous le patron, *explique Lex sur un sourire.*

— Nous arrivons bientôt au local, c'est par mesure de prudence que nous l'avons déplacé dans les sous-sols, *précise Caspian.*

— Par mesure de fraîcheur, surtout. C'est là que nous stockons tous les uniformes, dont ceux des Superviseurs. C'est pour éviter un embrasement à cause du réchauffement climatique, *dit Lex.*

— Oui, ces fameux logements qui toussent et dont on parle à la télé. Il y a eu plusieurs cas en région parisienne. Le réchauffement climatique, apparemment, *répète Caspian.*

— Mon costume, enfin, mon uniforme, c'est le même que le vôtre ? *Demande Paul.*

— Pfrfrfr, euh...pas vraiment, non, pfrffr, *répond Lex en pouffant de rire.*

Ils s'arrêtent devant l'entrée du local, Caspian déverrouille sa lourde porte en métal, Lex indique au futur Superviseur les cartons à ouvrir pour piocher la bonne taille. Paul s'éclipse ensuite dans un petit renfoncement dédié à l'essayage avant de réapparaitre dans son uniforme, mort de honte : « Vous...vous êtes sérieux, là ? C'est un costume arlequin, je vais être ridicule là-dedans ! ». « Bon...au moins, le costume est à votre taille, c'est déjà ça », constate Caspian en rigolant.

— L'uniforme du Superviseur, c'est un costume gris avec le logo ADF, une chemise blanche et une cravate rouge. Mais nous avons eu un souci avec notre fournisseur, *révèle Lex*, l'usine se trouve en Ukraine...elle a été bombardée. Et le type qui a validé les bons à tirer chez notre nouveau prestataire est daltonien. Il a validé un tirage sans pouvoir identifier les couleurs, et voilà le résultat. Y'en a pour quatre cent mille euros de costume, là.

— Oui...mais des costumes arlequins, *se lamente Paul.*

— Rassurez-vous, Paul, votre costume arlequin, c'est provisoire, le temps pour nous de recevoir la nouvelle commande, *le rassure Caspian.*

— Attendez de découvrir vos nouveaux jouets, vous allez vite oublier votre costume arlequin...*sourit Lex, malicieux.*

**
*

« Wouaw... », murmure Paul, impressionné. « Le bureau d'un Superviseur, ça en jette, n'est-ce pas ? », dit Lex, l'invitant à entrer dans cette grande pièce taillée en rectangle, aménagée par de larges baies vitrées offrant une vue directe sur les pistes. Caspian leur emboîte le pas et referme la porte derrière lui : « Vous verrez, Paul, c'est sympa de voir les avions atterrir et décoller. C'est l'avantage d'avoir un bureau situé au dernier étage du Terminal 4 ».

— Comme vous pouvez le voir, on se rapproche plus d'un poste de commandement que d'un simple bureau, *explique Lex*. On vous l'a dit plus tôt, l'aéroport d'Orly est divisé en cinq établissements, l'accueil, la sécurité, la sûreté, le transport bagage et les PHMR, les personnes handicapées à mobilité réduite. Et la gestion de ces établissements se fait au sein d'un seul et même point névralgique, un centre de commandement que l'on appelle l'APOC, le AirPort Operations Center. L'établissement accueil est le seul à avoir son propre bureau. Ici, c'est un mini APOC.

— Un, deux, trois, quatre...*compte Paul à voix basse, étudiant les écrans fixés au mur.*

— Vous avez neuf écrans au total, *l'interrompt Lex.* Sur les deux premiers, c'est votre logiciel de gestion. Absence, présence, pointage des agents. Cet écran-là affiche les vols du jour. Ces deux-là affichent les courbes du flux passagers à venir grâce à un algorithme prédictif. Ceux-là sont reliés aux capteurs sur le terrain qui mesurent en temps réel l'écoulement du flux passager. L'écran juste en face de vous est un PC classique équipé de tous les accessoires nécessaires pour les réunions en visio et le petit dernier est un écran dédié au travail d'analyse.

— Il n'y a rien de compliqué pour l'analyse du jour. Vous disposez des technologies nécessaires pour l'aide à la décision et vous avez le partage de l'information en temps réel. Les algorithmes vous mâchent 80 % du boulot, *lui dit Caspian.*

— Et ces six gros écrans sur le côté ? *Demande Paul.*

— Ah, ça...c'est la partie la plus sensible, *explique Lex en allumant les écrans.*

— Roh putain, *constate Paul.*

— C'est ça, *confirme Lex,* vous avez accès à toute la vidéosurveillance de l'aéroport.

— Regardez, sur le bureau à droite, vous avez une station de recharge pour les talkies-walkies, ça peut vous servir lors des déplacements sur le terrain. Ici, vos trois téléphones de fonction, *Caspian se dirige vers une armoire,* et là-dedans vous avez des gilets orange réfléchissants, c'est obligatoire pour aller sur les pistes.

— Sur les pistes ? Là ou se trouvent les avions ? ! *Demande Paul.*

— Vous pouvez être amené à y aller, mais c'est assez rare. Et le port du gilet est obligatoire sous peine d'amende.

— Ça va ? *lui demande Lex, bienveillant.*

— Euh...oui, oui. Mais, je...je serai formé, j'imagine ?

— Ah...euh...bien sûr, vous...vous serez en binôme avec Ayoub, c'est l'un de nos superviseurs, *répond Caspian en se rongeant nerveusement les ongles.*

— Ayoub est...c'est...enfin, vous verrez, *dit Lex,* c'est...c'est un vestige de l'ancien temps...

Malgré l'opacité de la porte du bureau des Superviseurs, un dialogue conflictuel en provenance du couloir parvient jusqu'à leurs oreilles :

— Mais je M'EN TAPE du ramadan ! ! !

— Steuplai Ayoub ! ! ! Demande aux chefs d'équipe de caler nos pauses du soir sur la rupture du jeûne ! !

— Ecoutez, on est dans un aéroport, pas dans un califat ! ! Bientôt vous allez me demander de retirer la deuxième syllabe du mot aéroport, sait-on jamais, ça pourrait en choquer certain !

— Ayoub, espèce de SALE RACISTE VA ! !

La porte du bureau s'ouvre brutalement, dévoilant au chef d'établissement les visages des trois belligérants, Ayoub et deux agents. « Wesh, c'est qui lui ? ! C'est quoi cet uniforme à carreaux ? ? », demande un premier agent d'accueil vêtu d'un pantalon bleu marine, d'une chemise blanche, d'un gilet rouge et d'une cravate de la même couleur nouée autour du cou. La fille à ses côtés, au code vestimentaire féminisé, foulard rouge et jupe, s'insurge : « C'est quoi ce costume arlequin ? ? ON VA DEVOIR PORTER CETTE HORREUR NOUS AUSSI ? ! ».

Son collègue la recadre : « CHUUUT ! ! Parle autrement, tu vois pas que y'a le chef d'établissement ? ! ».

— Je vous présente Paul HAMPLOUA, votre nouveau Superviseur, *annonce Caspian, aux deux agents.*

— Aaaaaah, *se réjouit Ayoub,* moi, j'aime beaucoup sa tronche. Avec un peu d'espoir on va pouvoir recréer ici un village gaulois !

— AYOUB EUUUUH ! ! *S'agace Caspian.*

— Il a l'air trop fragile...*chuchote le premier agent.*

— Et cet uniforme arlequin...le mec on dirait une guirlande, wesh ! Je préfère mille fois réaliser ma FPA plutôt que d'avoir à porter ce costume-là. *Rajoute sa collègue.*

— Cet uniforme est provisoire, *précise Lex.*

Ayoub congédie les agents en les renvoyant du doigt sur le terrain, puis il s'adresse à Paul : « Avec ces deux-là, tu peux être sûr que tout le monde dans l'aéroport est déjà au courant qu'un nouveau Superviseur vient d'être recruté chez ADF ». « Paul tournera en binôme avec vous, Ayoub. Je compte sur vous pour le mettre à l'aise », ordonne Caspian sur un ton ferme. « Ah bah pour moi y'a aucun problème, hein. Par contre, dans cet uniforme, ça va être compliqué pour lui de se faire respecter sur le terrain par les agents... », analyse Ayoub. Dominant son superviseur par le titre et par la taille, Caspian baisse le regard sur lui, méprisant : « Un peu comme vous, vous voulez dire ? Parce que je veux être sûr de bien me faire comprendre, Ayoub. Comme vous le savez déjà, nous avons dans quelques jours en France la visite du prince héritier d'un régime pétrolier. Je vous laisserai briefer Paul sur ce sujet, mais n'oubliez pas que le pôle accueil sera attendu au tournant puisque le roi effectuera un saut par l'aéroport d'Orly. Le prince héritier s'intéresse de près au BDR, il veut une démonstration en direct car son pays souhaite acquérir cette technologie afin d'en équiper son personnel dans ses aéroports, ce qui signifie la signature d'un nouveau marché pour ADF. Nous n'avons PAS le droit à l'erreur. ».

– Comme vous voudrez, *abdique Ayoub en levant les deux mains,* moi je veux bien l'emmener dans la fosse aux lions, mais comme je viens de vous le dire, dans cet uniforme, bon courage avec ces animaux...

– AYOUUUB EUUUUH ! ! *Le tance Caspian, agacé, frappant le sol avec son pied.*

**
*

Deux policiers de la DGSI provisoirement détachés pour une mission de protection rapprochée. Installés dans l'amphithéâtre parmi les étudiants, ils restent vigilants, parcourent le site du regard, surveillent le moindre geste et relèvent les comportements suspects tout en gardant un œil sur leur protégé, un militant LGBT debout à la tribune pour dénoncer et critiquer la visite d'Etat en France du prince héritier de ce régime pétrolier tristement connu pour réprimer violemment les membres de sa communauté arc-en-ciel. Discrets, les anges gardiens chuchotent : « Il me fait penser à ces asiats qu'on voit dans les pubs pour Iphone », commente *Haddad,* quarante-cinq ans, taille moyenne, tassé comme un tonneau, le teint mat et vêtu d'un costume cravate, en désignant du menton l'objet de leur mission, *Tao,* ce conférencier LGBT d'origine vietnamienne vêtu d'une chemise bleue marine Ralph Lauren et d'un pantalon Dockers beige, avant de se remettre à marmonner, sarcastique : « Ce p'tit jeune, ce n'est même pas un vrai universitaire. ». Son coéquipier, *Glorieux,* trente ans, un grand noir, expert, calme et confiant, au look plus décontract, sweat à capuche, jean et baskets, répond en chuchotant, sans relâcher sa vigilance : « Il est *Doctora honoris* dans quatre universités. ».

– Pfff, c'est juste un titre honorifique pour le récompenser de son militantisme. *Dit Haddad.*

– Lui et toi avez un point commun, il a été marginalisé par sa communauté parce qu'il s'était publiquement prononcé contre la FPA.

– Je n'ai été marginalisé par personne.

– Non, mais le fait que tu dises que la FPA est la preuve du déclin occidental te fait passer pour un complotiste.

« Pour conclure, il est vraiment TRES important de comprendre que si ce régime arrive à se maintenir, c'est surtout grâce à la torture ! ! ! Et avec l'utilisation du viol comme arme de soumission ! ! ! La visite du Prince héritier en France est un scandale ! ! ! Merci à tous ! », conclu le conférencier, le poing levé. Les étudiants de la Sorbonne se lèvent et applaudissent, Haddad et Glorieux quittent leur siège pour se positionner sur les flancs droite et gauche de Tao qui descend de l'estrade pour aller à la rencontre de son auditoire. Le militant trentenaire serre des mains, répond aux remerciements et dédicace des exemplaires de son livre autobiographique. Ses anges gardiens se tiennent à distance, discrets, professionnels, en alerte, prêts à dégainer et coucher pour toujours un éventuel assaillant. Un étudiant relève la présence des deux policiers : « Ce sont vos gardes du corps ? », demande-t-il à Tao. « Oui. L'état français m'a placé sous protection policière le temps de la visite d'Etat du Prince héritier. Je suis menacé de mort par le régime. », répond le militant avant de se retourner vers ses protecteurs pour ajouter : « Parfois, je me demande qui ces deux-là protègent réellement ? Moi ? Ou les oreilles du Prince de mes paroles ? ».

**
*

Retransmise en direct, l'interview télévisée se déroule dans l'ambiance feutrée d'une suite au Bristol. « Votre altesse », commence le journaliste, précautionneux, timide et prudent : « Si l'objet de votre visite en France porte notamment sur la discussion du prix du baril de pétrole, j'aimerai d'abord évoquer ces accusations qui pèsent sur votre régime, à savoir, la torture et l'élimination systématique de vos opposants politiques ainsi que des homosexuels... ? ». Installé en costume traditionnel au fond d'un fauteuil Voltaire en noyer, le jeune prince héritier jauge son interlocuteur de bas en haut, lève le menton, passe une main dans sa barbe, marque un temps de réflexion, puis répond dans un anglais parfait, sur un rictus : « Hum...vous savez, même si nous le voulions, il nous serait impossible de torturer des homosexuels, puisque, contrairement à vous, nous n'en avons pas dans notre pays ». Choqués, les membres de la régie éphémère installée dans la suite peinent à contenir un : « OOOOOH ! ! ».

**
*

Suivant en direct l'interview sur son smartphone depuis le bureau des Superviseurs, Ayoub explose de rire : « PFRFRRF AHAHA ! ! ! Ah j'adore, c'est énorme ! ! Et le pire, c'est qu'au niveau politique, personne n'ose rien lui dire ! À cause de notre dépendance énergétique, ce bédouin nous tient par le fioul ! ! », comment-t-il, hilare. En formation dans son uniforme arlequin, Paul surveille les écrans de télésurveillance : « L'agent d'accueil, là, cette fille qui se trouve au Terminal 3. Tu l'as redéployé sans lui envoyer de choc électrique sur son BDR ? ».

— Fais voir, *dit Ayoub en faisant rouler sa chaise jusqu'aux écrans.*

— Au Départ du Terminal 3, on a un agent supplémentaire, regarde.

— Ah oui, en effet. Je lui ai demandé de se redéployer par téléphone sans activer son BDR.

— Pourquoi ?

— (*Ayoub prend la souris, place le curseur sur la fille et fait rouler la molette pour réaliser un zoom*), Regarde-là, elle est bien trop maigre, y'a rien à griller sur les os. Si je la « taze », elle va frire comme une merguez la pauvre fille !

**
*

Face à l'aplomb du prince héritier, le journaliste poursuit l'interview en bégayant : « Mais la Ligue Internationale des Droits de l'Homme a dénoncé la détention de.. ». Le prince lève l'index et l'interrompt : « Ces prisonniers auxquels vous faites allusion sont des agents étrangers capturés par notre service de sécurité intérieure. Nous assumons totalement leur détention, et bien plus encore...Ces espions étaient en service commandé dans mon pays, leur but était de corrompre les esprits avec l'idéologie de la FPA. À ce propos, nous avions déjà été très clair avec les occidentaux. La FPA, gardez ça pour vous, nous ne voulons pas de ça chez nous », conclue-t-il, tranchant. L'entrevue touche à sa fin, le journaliste et son équipe sont escortés vers la sortie, le prince héritier manifeste son agacement par un puissant crachat à l'intonation moyen-orientale : « R' TPOUH ! ! ». Le chef d'état quitte ensuite la pièce entouré par une ceinture de gardes du corps lourdement armés, tous prennent la direction de sa suite située au même étage, quelques mètres plus loin. « Mon Roi », l'accueille Asghar, par une courbette. Le prince héritier congédie son service d'ordre pour se retrouver seul avec son obligé. Il se place devant le miroir et fixe son reflet tout en retirant délicatement son keffieh : « La fille, Dihya, as-tu retrouvé sa trace ? », demande-t-il à Asghar, le tortionnaire du régime. Mains jointes et tête baissée, ce dernier répond : « Grâce au logiciel que nous avons acheté aux israéliens, nous allons bientôt pouvoir la localiser, grâce aux réseaux sociaux ». « Et ce traître qui l'a aidé à sortir du pays ? », demande le roi.

— Dans nos geôles, au pays, bien au chaud...*répond le colonel Asghar.*

— Une fois passé entre tes mains, ce chien priera pour qu'on l'envoie en enfer.

— Je ferai durer le supplice...

— Ce chien doit payer.

— Oui, mon roi, il paiera.

— *(Le roi se retourne et le regarde)* Ne me déçois pas, habibi. Ne-me-dé-çois-pas.

— *(Le tortionnaire joint les mains et baisse la tête).* Compte sur moi, mon roi.

— *(Il baisse la tête en direction du sol)* R' TPOUH !

**
*

Secrète, solitaire, impénétrable, indépendante et libre. L'élégance d'une princesse arabe, la taille de guêpe d'une reine jordanienne. À trente-quatre ans, Dihya s'efforce, du moins autant que son petit salaire le lui permet, de maintenir un certain niveau de style. Son look de rentière d'hippodrome, chemisier ocre à manches longues, short blanc et escarpins, est en réalité une composition de vêtements de mauvaise facture. Eblouie, le soleil dans les yeux, elle prend la pose devant un avion léger stationné sur la piste de cet aérodrome situé à quelques kilomètres de Paris. Smartphone dans la main, elle lève le bras et réalise un selfie. Elle vérifie ensuite sur la photo que le monomoteur apparaît visiblement en arrière-plan. Satisfaite, elle poste le cliché sur Instagram. « Cet avion, c'est un PIPER PA 28. Il est très fiable », explique Valentin, pilote amateur de vingt-six ans, en arrivant sur la piste avant d'ajouter, torse bombé : « J'ai passé mon PPL à dix-neuf ans seulement ! ». Dihya réagit par un sourire de convenance, le strict minimum, sans même dévoiler ses dents, elle ne lui donnera pas plus, elle ne lui trouve aucun charme. Elle le trouve insipide comme une endive, bavard et jeune. Surtout très jeune. Et normal, tristement normal. « Cet avion, tu dis, PIPER ? ! ? », demande-t-elle avec son accent oriental. « Pip-EUR ! EUR ! Ça se prononce EUR ! C'est un PIPER PA 28. », explique de nouveau, le jeune pilote. Ils s'installent à bord de l'appareil. Dihya trouve au moins un avantage à ce garçon, chaque sortie avec ce nigaud lui rapporte de jolies stories à poster sur ses réseaux sociaux.

— Tiens, mets ce casque sur ta tête. *Lui demande Valentin.*

— C'est lourd, *dit-elle en le fixant sur son crâne comme un serre-tête*, je suis obligée de le porter ?

— Oui, parce qu'une fois le moteur démarré, tu as un bruit environnant. *Explique le pilote.*

— Et donc ce casque c'est pour... ?

— (*Il la regarde et lui sourit*) Pour qu'on s'entende parler, tout simplement, parce qu'on..

— (*Elle l'interrompt*) Attends, je prends une photo.

Elle dégaine son smartphone et réalise un selfie en prenant soin cette fois que son serviteur n'apparaisse pas sur le cliché. Valentin démarre l'appareil, vingt minutes leur sont nécessaires pour atteindre les quatre mille mètres d'altitude. La jeune femme est impressionnée, utilisant son téléphone comme appareil photo, elle mitraille le paysage, enchaînant les clichés à travers le hublot. Pour la centième fois, comme durant les sorties précédentes, le jeune pilote tente une approche. Il pose sa main sur la sienne, Dihya la retire, dévoilant une brûlure encerclant son poignet d'un bout à l'autre. « C'est quoi cette trace ? Tu as été torturée dans ton pays ? », lui demande-t-il à propos de ce bracelet de chair brûlée. Lors de leur rencontre sur internet, la question lui avait été posée sur sa provenance et son pays d'origine, mais elle était restée évasive : « Quelque part au Moyen-Orient... », avant de concéder un timide : « Je suis réfugiée politique », au premier rendez-vous. Le jeune pilote n'avait pas insisté.

— Non, je me suis faite cette brûlure ici, en France, à mon travail, à l'aéroport. C'est mon BDR qui me laisse cette marque. *Explique la jeune femme.*

— Ces bracelets électriques dont tu m'avais parlé ? Ceux utilisés pour vous redéployer ?

— Oui.

— Quel monde...*se lamente le pilote, concentré sur la ligne d'horizon*, tant que les gens ne se rebellent pas, on peut vraiment tout imposer.

— On vole à combien de kilomètre, là ?

— En aéronautique on ne s'exprime pas en kilomètre mais en nœud. Par exemple, cent nœuds ça correspond environ à 180 kilomètres. Et là, je suis en train de maintenir l'altitude à travers ce cadran qui..

— (*Elle l'interrompt*) Attends, je prends une photo.

Agacé, Valentin se fait taquin en jouant avec le volant de pilotage pour provoquer de petites secousses et faire tanguer l'appareil. « Aah ! », crie Dihya, surprise, faisant tomber son téléphone.

— Ça secoue ? Attends, et...HOP ! !

— AAAH ! ! Mais arrêtes ! ! Ça fait peur ! ! *Crie-t-elle en s'accrochant à son siège.*

— Qu'est-ce qui fait peur ? Ça ? !

— AAAAh ! ! ! Arrêtes de secouer l'avion comme ça ! On va s'écraser ! !

— S'écraser, carrément ? Tiens, tu viens de me donner une idée ! Créer une société qui organiserait des crashs pour ceux qui souhaitent réaliser leur FPA en s'écrasant dans de petits avions ! Comme un *Front Truck*...mais dans les airs ! ! Encore mieux qu'une FPA par *Slingshot* ! T'en penses quoi ? Ce serait une bonne idée de business, non ? Même si, sans être complotiste, je trouve que la FPA est une aberration sociétale, business is business, non ? Et...HOP ! !

— ARRÊTES ! ! ! ! !

— Ok ok ! Ah ah ! J'arrête, j'arrête !

Valentin stabilise l'appareil. Dihya regarde maintenant le jeune homme d'un œil nouveau, découvrant chez lui une folie qu'elle ne lui connaissait pas, puis elle éclate de rire, dévoilant à Nathan des mimiques faciales qu'il ne lui connaissait pas. Loin d'être idiot, le pilote comprend que, jusqu'ici, la salariée aéroportuaire s'était montrée bien avare en émotion depuis leur rencontre. Il lui a donné plus qu'il n'a reçu. « Ramasse ton téléphone, nous allons bientôt survoler des lacs qui se sont formés dans d'anciennes carrières de kaolin, ça te fera de jolies photos pour tes stories Instagram », lui dit-il. « Je m'en fiche de mon téléphone », dit-elle en posant sa main sur la sienne. « Mais...je...euh...d'accord », bégaie-t-il, déstabilisé, confessant : « Wouaw...tu...je...tu m'électrises, Dihya ». Elle rit.

– Qu'est-ce que j'ai dit de drôle ?

– « Elektra », c'est mon surnom d'agent d'accueil, à l'aéroport.

**
*

Pantalon de tailleur, chemisier blanc, son gilet rouge dans une main, entrant à grands pas dans la salle de pause d'Orly 4, *Kourssirkui*, une agent d'accueil de vingt-cinq ans, forte tête, corps large, épaules carrées, teint pâle et lèvres charnues, mêlée à toutes les embrouilles et à l'origine de bon nombre de crêpage de chignon, demande : « T'as passé un bon weekend, Elektra ? ». À l'écart comme à son habitude, assise sur un tabouret de bar seule dans son coin et smartphone dans les mains, vêtue de son uniforme, jupe bleue marine, chemisier blanc, gilet rouge et foulard en soie nouée autour du cou, Dihya répond de sa voix douce, évasive : « Oui, merci. Rien de spécial, je me suis reposée... ». Affalés sur le canapé, d'autres agents en uniforme, plus jeunes et turbulents, chuchotent en pouffant de rire : « À ce qu'il paraît, elle michtonne un mec de dix ans de moins qu'elle, pfrfrfr ! ! ». Ce murmure cruel et moqueur, Dihya fait le choix de ne pas le relever, préférant garder les yeux sur son écran, textotant à son pilote : « Merci encore pour ce magnifique weekend... ». Kourssirkui se positionne face à la pointeuse, elle saisie son badge aéroportuaire qu'elle porte autour du cou et l'insère dans le lecteur pour enregistrer sa prise de service, « BIP ! », puis elle lance : « Hey, pourquoi mon surnom c'est *Kourssirkui* ? Y'a moyen d'échanger avec quelqu'un ? », demande-t-elle en détachant de son socle un Bracelet De Redéploiement fixé sur une station de recharge. Elle enroule ensuite le BDR autour de son poignet, « Klak ! », il se verrouille. « C'est offert par ADF », se contente de lui répondre la chef d'équipe en uniforme bleu marine, épargnée par le port du gilet rouge, en lui tendant un tube de Biafine qu'elle pioche du fond d'un carton. « Les chocs du BDR me laissent des traces autour du poignet, c'est normal ? », demande *Bioshock* d'une voix suppliante, petite et tassée, à demie engloutie dans le canapé, aux côtés de ses turbulents collègues. « Alors lève-toi et viens récupérer ton tube de Biafine ! », lui lance la chef d'équipe chargée de la distribution, éventrant un troisième carton.

— Pfff...la flemme de me lever, *répond Bioshock*, j'ai trop mal aux pieds à force de rester debout dans ces talons. C'est possible de finir ma vacation sans BDR, exceptionnellement ?

— C'est obligatoire, *répond la chef d'équipe d'un ton calme mais ferme, en lui tendant un tube de Biafine.*

— Va m'le chercher, steuplai, *chuchote Bioshock à son collègue assis à côté.*

« On dirait une Apple Watch », commente *Goulotte*, récemment embauché, en enroulant son BDR autour du poignet, « Klak ! », « Et donc l'affectation s'affiche sur l'écran, ok, ça a l'air simple », conclu ce nouvel arrivant. Adoptant la démarche conquérante de celles qui veulent tout obtenir, Kourssirkui traverse la salle de pause pour interpeller Dihya : « Hey, steuplai, Elektra, y'a moyen qu'on échange nos surnoms ? ».

— Oh, Kourssirkui ! T'arrêtes de racketter les pseudos de tes collègues ! *Se plaint la chef d'équipe.*

— Moi aussi je voudrais changer de pseudo, « Bioshock » ça ressemble à une marque de gâteaux !

— Du coup, qui s'est déjà fait « tazer » au poignet, *demande Goulotte.* Ça fait mal ?

— La première fois, un peu. Ça donne le tournis, quelques nausées, et puis ça passe. *Répond Kourssirkui.*

— Allô ? ? Je peux changer de pseudo ? *Insiste Bioshock.* Je suis pas un biscuit, moi !

— Bah...du coup je veux bien changer aussi, si c'est possible. « Goulotte », ça fait « fille ».

— Au fait, c'est qui à la supervision cet après-midi ? J'espère que c'est pas Gyro, il nous taze plus que les autres ! J'ai le poignet en feu quand c'est lui, *se plaint Kourssirkui.*

— Euuuh...Magnum aussi, hein, elle fait grave du zèle avec les BDR ! *Commente Bioshock.*

— Tous les superviseurs sont présents, ainsi que le chef d'établissement, je vous rappelle qu'on a à l'aéroport la visite officielle d'un VIP, aujourd'hui. *Répond la chef d'équipe en disposant sur une table les tubes de Biafine.* On n'a pas le droit à l'erreur, faudra être conforme et tiré à quatre épingles ! Mais c'est Ayoub qui supervise. Il forme le nouveau.

— Le nouveau ? Le nouveau Sup ? Qui l'a déjà vu ? ? *Demande Kourssirkui.*

— Celui que tout le monde appelle Arlequin ? Moi je l'ai aperçu. Un grand blond, les cheveux mi-longs, assez timide, *répond Goulotte.*

— Ma parole, il va se faire bouffer pffrfrf, *rigole Bioshock avant de relancer,* bon, je peux changer de pseudo ? ? ?

— Oui, Bioshock a raison, *dit Kourssirkui,* c'est ELLE qui devrait porter mon pseudo puisqu'elle court-circuite tout en foutant la merde dans les équipes !

— Comment ça ? ! *S'énerve Bioshock.*

— Parce que ! Sur la vie de ma mère, tu parles trop sur le dos des gens ! C'est à cause de toi que tout le monde s'embrouille ! !

— COMMENT ÇA ? ! ? ! J'ai parlé sur qui ? ! ? ! *Crie-t-elle en se levant d'un bond.*

— Déjà, t'as parlé sur moi ! T'as raconté à tout le monde que je comptais faire ma FPA dans un SDS ! ! Un SDS ? ! ? ! Mais tu m'as prise pour une clocharde ou quoi ? ! ? !

« Et merde... », murmure *Flash*, un jeune agent d'accueil mince et discret, coiffé d'un parfait dégradé, portant une élégante et fine moustache de gangster des années trente, préférant quitter la salle de pause avant que les chignons n'entrent en confrontation. Ce roublard devenu maître dans l'art de trafiquer les BDR se lève et disparaît aussi vite qu'un courant d'air.

— D'où j'ai parlé sur toi ? ! ? ! *Hurle Bioshock.* D'OÙ J'AI PARLÉ SUR TOI ? ! ? !
— Fais pas ta maligne, ma parole ! ! ! Redescend ou c'est moi qui va te faire redescendre, *menace Kourssirkui.*

Les deux jeunes femmes se retrouvent face à face. Imperturbable, Elektra continue de textoter dans son coin, les autres agents se délectent du spectacle.

— OOOOOOOOOOOH ! ! ! Vous vous croyez où, lààà ? ? ? ? Vous êtes au boulot, ici, pas dans la rue ! ! *Crie la chef d'équipe.*
— Mais c'est ELLE qui m'attaque ! ! ! *Hurle Bioshock.* Elle dit que je parle sur son dos ! !
— T'as raconté à tout le monde que je voulais faire ma FPA en SDS, alors que J'AI JAMAIS DIS ÇA ! ! ! ! J'ai dis que, si un jour je n'avais plus d'argent pour me payer une belle FPA, eh bien ça ne me dérangerait pas de mettre fin à mon parcours dans un SDS. DONC C'EST PAS LA MÊME CHOSE ! ! ! T'as déformé mes propos ! ! ! Sale clocharde va ! !
— T'as dis quoi ? ! Moi j'suis une clocharde ? ! MOI J'SUIS UNE CLOCHARDE ? ! ? !
— Alors, *s'interpose Goulotte*, je sais que je suis nouveau, mais je propose que tout le monde se calme et qu'

(*Bzzzrrt ! !*)...AÏE ! ! PUTAIN ! ! ! ! ! ! !

Le silence s'impose brutalement dans la salle, tous les regards se tournent vers cet agent nouvellement électrocuté, même Elektra délaisse son écran pour regarder Goulotte, sous le choc, se tenir le poignet d'un air choqué : « Je...je...je viens de me faire tazer... ».

— Tu as reçu une décharge ? ! *S'étonne la chef d'équipe.*
— Oui...je...j'ai la tête qui tourne...
— Assieds-toi, assieds-toi, *lui recommande Kourssirkui en le prenant par les épaules.*
— Mais pourquoi il s'est fait tazer ? ! Il n'est même pas à son poste ! ! *Demande Bioshock.*
— Je...j'ai la tête qui tourne...je crois que je vais vomir...*dit Goulotte.*
— NAN ! ! Pas dans l'évier ! ! ! C'est là qu'on rince nos Tupperwares, putain ! ! ! VOMI PAS DANS L'ÉVIER ! ! ! *Hurle Bioshock.*
— BEUUUUWAAAAAAAAAH ! ! ! ! ! !
— Aaaaaaah c'est dégueulasse ! ! ! ! ! ! ! *Hurlent les agents.*
— Mais pourquoi tu l'as laissé vomir dans l'évier ? ! T'ES CONNE OU QUOI ? ! *S'emporte Bioshock.*
— Mais c'est lui qui a précipité sa tête dedans ! ! Alors parles-moi correctement et ferme ta gu..(*Bzzzrrt ! !*)..AÏÏÏÏE ! ! ! PUTAIN ! ! ! ! Je viens de me faire tazer ! ! ! Mais c'est quoi ce..(*Bzzzrrt ! !*)..WEUAAAHHH ! ! ! Aïïïe euuuh ! ! ! Putain mais ça fait mal ! ! ! ! *Hurle Kourssirkui en se tenant le poignet.*
— À quoi il s'amuse, Ayoub ? ! ? ! Ce gros porc nou..(*Bzzzrrt ! !*)..AÏÏÏE ! ! ! PUTAIN ! ! ! ! Il vient aussi de me taz..(*Bzzzrrt ! !*)...AÏE ! ! ! PUTAIN MAIS ARRÊTEZ ! ! ! ! *Crie Bioshock en levant la tête vers les étages supérieurs.*

Le smartphone de Kourssirkui se met à chanter : « Libérééée ! ! Délivréééee ! ! ». « Mais ? ! Kourssirkui, tu crois vraiment que c'est le bon moment pour activer Théo et mourir ? ? ? », l'engueule sa chef d'équipe. « J'ai pas activé Théo ! Ce sont les chocs électriques que je reçois qui font buguer l'appli de mon téléphone ! ! », explique la jeune femme en pleurant de douleur. Elektra n'est pas épargnée, la foudre la frappe au poignet, élégante jusque dans la souffrance, elle laisse tomber au sol son téléphone et bondit gracieusement sur son tabouret : « Ooow ! ! Aïe ! Mais pourquoi il nous taze ? ? ». Sans parvenir à détacher leur BDR, les agents tentent de se libérer de leur laisse électrique en secouant violemment le bras au risque de se rompre la jonction neuromusculaire reliant le radius au scaphoïde. Les chocs électriques, eux, se multiplient : « AÏE EUUUH ! ! ! ». La tête au fond de l'évier, Goulotte récidive : « BEUUUWWAAAAAAH ! ! ! ». Une épaisse odeur acide s'empare de la pièce, les émanations se dégageant de cette grumeleuse mixture gastrique transpercent les narines des agents présents, victimes immédiates de l'effet contaminant du premier dégueulis. Les effluves de cet acide butyrique dégradé mêlant à la fois sueur testiculaire, fromage rance et parmesan moisi empoignent aux tripes ces salariés aéroportuaires qui ne résistent pas bien longtemps à contenir ce flux de dégueulis qui remonte le long de leur tube digestif pour jaillir hors de leur bouche comme un geyser sous la forme d'un puissant jet de gerbe à haute pression : « BEUUUUWAAAAAAH ! ! ! ! ». Une main sur la bouche, sa fine taille l'aidant à slalomer entre les puants résidus alimentaires violement propulsés dans l'air comme des scories hors d'un volcan, Elektra fuit la salle de pause en sautillant comme un chevreuil au-dessus des grumeleuses flaques de vomi, esquivant les flots de gerbe projetés par ses collègues transformés en fontaine humaine à dégueulis, se protégeant des projections gastriques comme on esquive ces jets d'eau circulaires lorsqu'on est pris de court en pleine nuit par l'allumage automatique d'un système d'arrosage à jet rotatif. La jeune femme parvient à s'exfiltrer, laissant derrière elle ses collègues vidés, épuisés, subitement amaigris, le visage creusé et à la tuyauterie digestive éprouvée. L'éruption *dégueulique* touche à sa fin, le déluge vomitif est passé, il ne reste plus dans l'air qu'une imperceptible bruine de matière alimentaire ainsi qu'une épaisse cascade de gerbe qui recouvre et coule sur la façade du frigo rétro au *rouge américain* dissimulé sous une nappe gastrique jaunâtre. Le canapé imitation Chesterfield, la table, les étagères où sont rangés les livres et ces jeux de société auxquels personne ne joue jamais n'ont pas été épargnés par ces régurgitations poisseuses, ni la pointeuse désormais revêtue d'une *dégueulique* coulée verdâtre à faire pâlir de jalousie la possédée de l'Exorciste. À bout de force, à genoux, se vidant de son dernier filet de gerbe, la chef d'équipe puise dans son ultime réserve pour hurler, les poings sur le sol : « AYOUB ! ! ! FILS DE PUTE ! ! ! ».

**
*

« Tu es sûr qu'elle est désactivée ? », demande Caspian à Lex, tout en manipulant la « télécommande coordo », appuyant de manière aléatoire sur tous les boutons. Ce petit boîtier noir activant à distance les BDR permettra aux chefs d'équipe sur le terrain d'électrocuter eux-mêmes leurs agents en cas de redéploiement. Une division du travail, une délégation de la torture visant, à terme, à alléger la tâche des superviseurs. En plein échange téléphonique, Lex lève le doigt pour signifier au chef d'établissement que son attention immédiate doit être portée sur sa conversation du moment : « Vous dites que des agents ont des marques autour du poignet à cause du BDR ? Oui, ça, nous le savions. On leur a même offert des tubes de Biafine. Et donc ? Ah, vous voulez dire, des traces de brûlures ? ? », s'étonne l'expert en questions aéroportuaires, avant d'ajouter : « Hum...en effet... ». Debout dans le bureau des superviseurs, Lex adopte sa gestuelle habituelle lors de l'analyse complexe d'une problématique à solutionner. Sa main droite étant déjà sollicitée par le port du téléphone, il pose la seconde sur le haut de son crâne, lève le menton, rentre le ventre, inspire profondément, puis statue : « Ça doit être une question de paramétrage. Les BDR doivent être réglés sur 3 milliampères, max. Si les chocs électriques provoquent des brûlures, c'est que les bracelets doivent au moins envoyer du 5 milliampères. ».

— Lex, tu es sûr que la télécommande est désactivée ? *Lui re demande Caspian.*

— Ecoutez, *poursuit Lex au téléphone*, je suis dans le bureau des superviseurs, là, et c'est le feu. Nous préparons la visite officielle d'un VIP. Nous dirons aux agents concernés de monter au bureau des Sup en fin de journée pour re paramétrer leur BDR.

— Lex, la télécommande coordo, tu es sûr qu'elle est désactivée ?

— Oui, oui, *lui confirme enfin l'expert en raccrochant.* C'était la médecine du travail, au téléphone. Ces gens-là sont nuisibles comme la peste ! Sans cesse à chercher la p'tite bête !

— Non parce que je manipule la télécommande depuis tout à l'heure, il ne faudrait pas que des agents se fassent tazer inutilement.

— Aucun risque. Bon, on en est où du cheminement du roi ? *Demande l'expert, aux superviseurs.*

Debout aux côtés de Gyro, Magnum pointe les écrans de supervision avec sa main en forme de flingue : « Faut gonfler les effectifs ici, ici et ici. On a déjà prévu de placer nos agents tout le long du trajet. ». « Les terminaux 1 et 2, on s'en fout. Le VIP arrive d'abord par le salon 500, ensuite il traversera le T4 avant de monter sur la terrasse. On a aussi placé nos gilets rouges au niveau 2 », ajoute Gyro. Caspian intervient, nerveux : « Ah oui oui ! Je veux voir des gilets rouges partout ! Sur ce coup-là, on n'a pas le droit de se louper ! À chaque étape du trajet du roi, je veux que le rouge soit présent. Et avec un accueil personnalisé, sourire, gestuelle, conformité ! Face au roi, il faut me placer des agents proactifs et fiables comme Elektra, par exemple. Je ne veux pas qu'on place des agents avec une FPA déjà programmée, je ne veux pas prendre le risque qu'une notif libéréëee délivréééëee résonne dans l'aérogare au moment où le roi traverse le terminal. On connaît ses positions vis-à-vis de la FPA, ce serait pris comme une provocation. Une notif Libérée Délivrée, et c'est l'incident diplomatique assuré ! ». Assis à son poste, Ayoub explique à Paul en chuchotant : « D'habitude, le superviseur est seul durant sa vacation. Mais là, avec la visite du roi, tout le monde est sur le pont. C'est tout le temps comme ça quand un VIP débarque à l'aéroport ». « D'accord », acquiesce Paul dans son costume arlequin, assis à côté de son formateur. « Du rouge PARTOUT, hein ! Faut VRAIMENT pas se louper ! Je veux voir du rouge PARTOUT ! », insiste le jeune chef d'établissement sous l'effet du stress avant de se tourner vers Lex comme un enfant à la recherche du conseil, de l'assurance et de la sagesse d'une figure tutélaire : « On est bon au niveau des effectifs, non ? », lui demande-t-il en chuchotant. L'expert sourit, rassurant : « Ne t'inquiète pas, ça va bien se passer. » « Tu verras, bientôt, toi aussi tu piloteras tes propres opérations à la supervision », annonce Ayoub à Paul avant de le mettre en garde : « Ces visites-là, c'est assez sensible. Caspian stresse un max et il est sur notre dos parce que si jamais y'a un loupé, c'est sur sa gueule que tout retombe. C'est lui le chef d'établissement de la partie accueil, à Orly. Alors quand ça monte en tension, faut pas le prendre personnellement. C'est aussi ça, l'aéroportuaire, c'est quelque chose de très intense. ». « Ayoub, Magnum et Gyro. Paul également. Faudra pas lésiner sur l'utilisation des BDR, hein ! ! Si y'a une modif de dernière minute sur le trajet du VIP, vous n'hésitez pas à électrocuter pour redéployer nos gilets rouges, qu'on SOIT BIEN D'ACCORD ! », ordonne Caspian.

— Tout est carré, *le rassure Magnum*, Lex nous a fait répéter plusieurs fois le cheminement du roi et le...(*son téléphone sonne, elle décroche*) Allô ? Attends, attends, calme-toi, Elektra, calme-toi ! Qu'est-ce qu'il se passe ? PARDON ? ! ? !

— Quoi ? ! ? ! *S'énerve Caspian.*

— (*Couvrant le combiné avec sa main)* C'est Elektra, elle parle trop vite, je ne comprends pas tout. Mais en gros, il semble y avoir une épidémie de gastro. Plusieurs agents se sont mis à vomir en salle de pause. Ils ne sont plus opérationnels.

— Combien d'agents ? ? *Demande le chef d'établissement.*

— Une dizaine...

— Putain, ça nous fait un trou GEANT dans l'effectif ! Le VIP arrive dans moins d'une heure, on va passer pour des cons ! *Dit Gyro.*

— Ok, on va combler les trous. Magnum, Gyro, Ayoub, venez avec moi en salle de pause. Paul, vous restez ici à la supervision. Ayoub, briefiez-le !

— Hein ? *Panique Paul.* Mais je...mais ça ne fait qu'une

semaine que je suis là !

— Calme-toi, *chuchote Ayoub*, je t'ai déjà montré le gros du boulot.

— Mais je...je ne peux pas venir avec vous ?

— En salle de pause ? Sûrement pas ! La salle de pause, c'est le terrain des agents. Là-bas, tu es chez eux, sur leur territoire, à leur merci, *explique Ayoub*. Ils te sautent tous dessus et te posent un millier de questions, sans compter les plaintes. Tu n'es pas encore assez solide pour t'aventurer sur leur territoire, surtout dans ton costume arlequin !

— Oui mais je..

— Paul, je t'ai formé pendant une semaine ! Y'a rien de compliqué ! Tu n'as qu..

« AYOUB ! ON VOUS ATTEND ! », l'interrompt Caspian, sur les nerfs, debout devant la porte, tripotant nerveusement son badge rouge porté comme une insigne régalienne autour du cou. Armés de leur téléphone d'astreinte et badge aéroportuaire autour du cou, Gyro, Magnum et Lex ont déjà quitté le bureau. Ayoub poursuit : « T'as juste à surveiller le trajet du VIP. Garde les yeux sur tes écrans, les écrans de supervision ET les écrans de télésurveillance. Et en gros, dès que ça bip, tu envoies des chocs sur les BDR et tu redéploies ! ». Le superviseur se lève, il prend sa veste, réajuste son badge rouge en démêlant le cordon, attrape son téléphone de crise et passe devant Caspian pour sortir du bureau : « C'est ton épreuve du feu, mon grand, je compte sur toi. Au cas où, j'ai le téléphone avec moi, si besoin. Ne me déçois pas ! Ne me fais pas du travail d'arabe ! ». « AYOUB EUUUUUH ! ! ! ! », s'énerve Caspian en refermant violemment la porte. Ecrasé par le poids des responsabilités, Paul se lève lentement de sa chaise à roulettes en prenant appui sur les accoudoirs et s'installe dans le fauteuil du superviseur, une assise semblable à un fauteuil de gamer. Dégoulinant de sueur sous son uniforme, l'arlequin fait face à deux choix, cesser de lutter et se laisser engloutir par ce fauteuil trop large pour lui, ou se redresser et assurer le pilotage de cette mission d'accueil aéroportuaire. Seul, face à ses écrans, démuni : « Et merde… ».

**
*

Talentueux, reclus, isolé. Plutôt que de profiter de tous ces biens qu'il a accumulés, il passe son temps libre à ruminer sur son passé. Qu'était-il, autrefois ? « Une salope de salarié », selon ses propres mots. « Un dépendant économique soumis ». Un *enchaîné.* Ces salariés qu'il considère comme des ratés, du moins ceux qui se plaignent sans ne jamais oser franchir le pas qui mène, à force de sueur et de travail, à l'indépendance entrepreneuriale :

– Je suis une putain de Cadillac, moi ! *Crie Daymol, faisant les cent pas dans son salon.* Je n'ai rien à voir avec ces losers, putain ! Ces ratés, ces putains de dépendants économiques ! Ces gens-là sont inconsistants, déloyaux, traîtres, délateurs, menteurs, manipulateurs, hypocrites, méchants. C'est ça, un salarié ! Tout ce qu'il veut, c'est bouffer bouffer et bouffer, s'engraisser sans aucune réciprocité. Tout le monde se plaint, tout le monde se trouve des excuses mais personne ne se remet en question. Ils veulent TOUT obtenir et estiment que la société leur doit beaucoup plus, que leur sort est injuste et se foutent en grève pour obtenir des augmentations. Mais va la chercher toi-même, ton augmentation ! ! Crée quelque chose, je sais pas moi, monte ta boîte ! Ces gens là sont des mendiants, voilà, ce sont des mendiants. Ils quémandent. Le salarié est l'ennemi de l'entreprenariat ! Ce sont des ratés finis, ils n'entreprendront jamais rien, ne créeront jamais rien à part peut-être des gosses dégénérés prédisposés à être assistés et ratés comme leur parent, ce seront des perdants toute leur putain de vie, jusqu'au tombeau. Jusqu'au tombeau, putain…et même là, je suis sûr qu'ils trouveront le moyen de se plaindre. Ma pierre tombale n'est pas assez ceci ! Mon carré de terre n'est pas assez cela ! Mon cercueil est trop petit, et gna gna gni et gnin gnin gnin ! Regarde-les, et regarde-moi ! Regarde tout ce que j'ai réussi à accomplir ! Grâce à mon business immobilier, je suis économiquement indépendant ! Et grâce à mon business caché de démolition, on parle de moi comme d'un héros sur les réseaux sociaux ! Certains soutiennent que j'existe, d'autres que je n'existe pas. Je suis devenu une putain de légende urbaine ! ! Je n'ai rien à voir avec ces gens-là, moi ! ! Ce sont des ratés et tu veux que MOI j'aille me coltiner ces Al Qaida de la paresse, ces Daesh de la médiocrité ? ! MAIS QUE VEUX-TU QUE J'AILLE FOUTRE AVEC CES RATÉS ? ! ? !

Debout, les bras le long du corps, attentive mais dépitée, Praline lui demande :

– Tu as fini ?

– Oui !

– Ok. Je t'ai simplement proposé de sortir ce soir avec mes amis, tu aurais simplement pu répondre « non » sans avoir à me balancer tout ton discours.

– *(Il s'assoit sur le canapé, réalisant la brutalité de ses propos)* Je…je ne voulais pas insulter tes amis. Mais je ne souhaite pas sortir dehors et me mélanger aux autres.

– C'était dans ton intérêt, je voulais te faire sortir de chez toi, pour une fois…ta vie ne devrait pas se résumer à créer des schémas de démolition en grignotant des carrés de chocolat. Mais ok, j'ai compris. Mes amis salariés, ratés, losers, et j'en passe, allons rester entre nous en espérant un jour atteindre ton niveau de réussite.

– Praline, écoute, je ne..

— C'est bon, ce n'est rien. J'aurai dû rester à ma place, celle d'une salariée qui apporte en sous-main à son patron des contrats de démolition. Eh bien, je te souhaite une bonne soirée à regarder BFM TV ou des défis morbides sur TikTok où, à force de lire tes récits sur ton site internet, des ados attardés se filment en train d'exploser leurs animaux de compagnie avec une ceinture de téléphones cellulaires !

« Ciao », conclue-t-elle avant de quitter l'appartement. Le silence de la pièce commence à agir comme un étau autour de sa tête, le démolisseur saisit la télécommande et allume la télé en espérant que le fond sonore parasite ce début de plainte céphalique. Un journaliste apparaît à l'écran :

— BFM TV, priorité au direct ! Nous retrouvons sur place notre envoyé spécial, en duplex depuis l'aéroport d'Orly pour la visite du Roi du..

**
*

« AAAAAttentiooon ! ! ! », prévient le serveur en déposant les mousseuses pintes de bière sur ce tonneau transformé en table. Il ajoute : « J'vous apporte le reste tout de suite ! ». « Alors, ton boss ? Il ne vient pas ? », lui demande une amie, une urbaine à lunettes. « Non. Les bars bondés, ce n'est pas son truc. », répond Praline en étudiant du regard la décoration rustique de ce bar-taverne parisien à l'ambiance tamisée, cloitrée et dans lequel résonne un brouhaha mêlant chahuts, conversations futiles, rires et bruits de verre. « Tu travailles toujours dans la même boîte ? Dans l'immobilier ? », lui demande cet autre urbain vêtu d'un jean rouge et d'une marinière rose, soucieux d'effectuer une mise à jour sur la vie professionnelle de son amie. « C'est ça. Mon boss possède plusieurs immeubles, il investit aussi dans des projets immo, et moi je gère toute la partie admin, les locations à court et moyen terme, tout ça, tout ça. », confirme la jeune femme. « Mais d'ailleurs, ces immeubles qui toussent et dont on parle sur BFM TV, ces logements subitement carbonisés à cause du réchauffement climatique, ça n'affecte pas trop ton activité ? », l'interroge l'urbain. « Euh...bah ces logements qui toussent, il ne s'agit que de quelques cas en région parisienne, hein. Faut pas généraliser, heum heum », répond Praline sur un raclement de gorge embarrassé. « Sur les réseaux on parle plutôt d'un mec, d'un brûleur à gage, d'un héros qui marcherait au contrat et carboniserait les logements des arrogants, des médiocres et des méchants », rebondit l'urbaine à lunettes. Le jean rouge l'enchaîne : « N'importe quoi ! Ce sont des théories complotistes que l'on retrouve sur des sites internet d'extrême droite visant à nier la réalité du réchauffement climatique ! Mais au-delà de ça, c'est quand même flippant de voir que le réchauffement climatique nous impacte DIRECTEMENT et qu'il.. ». Un effrayant décompte lancé depuis la tonneau-table d'à côté détourne l'attention et sauve l'assistante du débat. Chopes à la main, les soiffards-fêtards hurlent : « CINQ ! ! QUATRE ! ! TROIS ! !... ». Au centre de l'attention, une jeune femme tenant son smartphone dans les mains, les yeux rivés sur l'écran. « DEUX...UN... ». Le téléphone reçoit une notification « D DAY ! ! », puis il chante : « Libérééée ! ! Délivréééee ! ! ». « Ooooléééééé ! ! ! ! », se réjouissent les mortifêtards qui lancent un « HIP HIP HIP...HOURAAA ! ! ! HIP HIP HIP...HOURAAA ! ! ! ». « Youhouuuuu ! ! ! », hurle d'une voix aiguë, l'émancipée, le poing levé : « C'est ENFIN le grand jour ! ! ! », se réjouit la future suicidée qui rassemble ses affaires avant d'empoigner son sac à main pour quitter le bar. « Naaan ! !

Allez, prends un dernier verre avant de mourir ! ! ! », chahutent ses amis. « Non ! Mon Uber va arriver ! Si je le loupe, je vais devoir payer 70 euros de frais d'annulation, hi hi hi ! ! », justifie-t-elle en gloussant. Elle quitte la taverne sur un dernier « Oooooléééééé ! ! ! », collectif. « Eeet voiciii ! », annonce le serveur en déposant les tapas sur le tonneau. « Merci », lui dit Praline. « Bon, j'vous préviens, ce soir on a beaucoup de pot de départ en FPA donc ça promet d'être animé ! », signale le serveur. « Aucun problème ! », répondent en riant, Praline et ses amis. « Pas de départ FPA parmi vous ? », demande le serveur. « Ah non non, pas maintenant. Nous avons encore beaucoup de choses à vivre », répond la tonneau-tablée. L'assistante dévouée garde le silence, peinant à cacher son malaise face à ce discours morbide, cette sinistre idéologie mortifère devenue banale, tendance, et, surtout, incontestable, sous peine d'être mis au ban de la société. Ne se sentant pas de taille à lutter contre les esprits corrompus, elle préfère aller dans le sens du discours dominant en affichant un sourire de convenance. « Vous avez remarqué ? Le mec s'automutile », commente l'urbain au jean rouge après le départ du serveur. « Pourquoi tu dis ça ? », demande Praline. « T'as pas vu son poignet ? Il y a une trace de brûlure tout autour ». « Rien à voir ! Il a sûrement dû bosser à l'aéroport, avant. Ce sont des traces laissées par ces bracelets électriques dont on parle à la télé », précise l'urbaine à lunettes.

— De toute façon, en ce moment, à la télé, on ne parle que d'un seul sujet. La visite du roi de je ne sais quel pays, là ! *Se plaint l'urbain au jean rouge.*

— Pffff ! Mais comment la France peut accepter de recevoir ce dictateur ? ! On déroule carrément le tapis rouge pour un tyran qui en ce moment visite l'aéroport d'Orly. Le mec peut massacrer son peuple, mais tant qu'il baisse le prix du baril et nous achète des BDR, ce n'est pas grave ! *S'offusque l'urbaine à lunettes.*

— Les BDR ? Les bracelets électriques dont tu viens de parler ? *Demande l'urbain.*

— Oui. Ces bracelets qui équipent les agents d'accueil. Il souhaite doter ses aéroports de la même technologie, pour, dit-il, « faire entrer son pays dans une ère nouvelle ».

— Ok, mais je ne vois pas le rapport entre l'achat des BDR et le fait de visiter un aéroport.

— Bah c'est pour voir comment ça fonctionne en situation réelle et parce qu'à la base, le BDR aéroportuaire, c'est une technologie française ET brevetée !

**
*

« Voiiiilà ! Regarde, t'es toute belle, là ! », lui dit Magnum, se voulant rassurante et convaincante, tenant à deux mains la tête de Dihya, lui ébouriffant les cheveux avec ses doigts pour mieux lui lisser la tignasse : « Maintenant, refais-toi un beau chignon ! Avec un peu de chance, tu pourras avoir ta photo souvenir avec le VIP ». Les deux jeunes femmes utilisent les toilettes publiques situées à Orly 4 comme de base de repli. « Oui », répond Dihya de sa douce voix : « Tu peux compter sur moi, je me sens beaucoup mieux. Et puis j'ai toujours voulu avoir une photo avec le Président de la République ».

— Le Président ? Quel Président ? Ce n'est pas le Président qui visite l'aéroport, c'est le roi de je ne sais plus quel pays, là. *Révèle Magnum.*

— De...COMMENT ? ! ? ! *Demande Dihya, effrayée.*

— On vous a dit qu'il s'agissait du Président de la République, mais c'était faux, rien ne devait filtrer pour des raisons de sécurité. Mais ça n'a plus d'importance, l'info a fuité, tous les agents sont au courant.

— Euh...finalement je ne me sens pas très bien...je ne peux pas aller sur le terrain...

— (*Formant un flingue avec ses doigts)* Non, Elektra, non ! On a besoin de toi alors tu te requinques rapidement, tu remets du rouge à lèvres et tu vas sur ta zone d'affectation avant le début de la visite, s'il te plaît. C'est super important, on est en manque d'effectif, cette histoire de gastro nous a foutu dans la merde !

— Mais je ne peux PAS ! Je me sens vraiment mal !

— Elektra, s'il te plaît ! Nous sommes tous mobilisés, même Caspian est sur le terrain ! Tu dois te...euh...Elektra, pourquoi tu fais cette tête ? Ça va ? Ça v...non...non...NON ! ! ! ELEKTRA, NOOON ! ! ! ! !

**
*

Terminal 4, Zone Publique, Porte 45D. En cette fin de journée, la zone, entièrement sécurisée par la police et l'armée, est loin d'être bondée, un mince filet de passagers s'écoule en poussant des chariots bagages. C'est au milieu de ce flux que s'improvise un dernier briefing entre les têtes d'ADF, Caspian et les services de sécurité français. Les deux superviseurs sont aux côtés de leur chef d'établissement, mais à distance, chacun essayant de solutionner urgemment une situation catastrophique en effectif. Concentré sur l'objet de sa conversation téléphonique, Gyro acquiesce par de successifs et résignés : « Ok...ok...ok », puis il raccroche : « Euh...Caspian ? », adresse-t-il au chef d'établissement.

— Quoi ? *Demande Caspian, après s'être excusé auprès de ses interlocuteurs.*

— On a un petit souci. J'étais avec Magnum au téléphone. Elektra vient de lui vomir dessus. Elle n'est plus opérationnelle.

— Putain…on n'avait vraiment pas besoin de ça ! (*Il s'adresse à Gyro et Ayoub*) Ecoutez, vous vous démerdez comme vous voulez, mais je veux voir du rouge partout !

— (*Ayoub passe un appel en urgence)* Allô, Paul ? Ecoute, voilà ce que tu vas faire. Tu pourras suivre en temps réel le cheminement du VIP, donc chaque fois qu'il termine de traverser une zone armée par nos agents, tu désarmes la zone et tu redéploies ces mêmes gilets rouges sur le futur point de passage du roi, ok ?

— Mais si Arlequin…pardon, Paul, r*ectifie Lex auprès de Caspian,* si Paul redéploie tous les agents de manière synchro, ni vu ni connu, jusqu'à l'étape finale de la visite, là, oui, tu verras du rouge partout.

**
*

Terminal 4, Arrivées 4, Zone Réservée, Salle de débarquement, zone de contrôle aux frontières

« En vrai de vrai, tant qu'on est en service, ça s'enlève pas ce truc », constate cet agent d'accueil en tentant de retirer son BDR doté d'un système de verrouillage magnétique qu'aucune force humaine ne peut parvenir à détacher. « La première fois que je me suis fait tazer, je me rappelle, ça m'a fait une douleur de fils de pute ! », se remémore son collègue gilet rouge. Les cinq agents d'accueil sont regroupés au niveau du pupitre de cette salle de débarquement, là où transitent les passagers devant se soumettre au contrôle aux frontières. La zone est déserte, le prochain vol atterri dans deux heures. Les policiers de la DPAF, enfermés dans leurs aubettes en verre, tuent le temps en scrollant l'écran de leur smartphone.

— Vous pensez qu'il va passer par ici, le roi de je ne sais plus quel pays, là ? *Interroge un agent.*

— Je sais pas. En tout cas, tout le monde est sur le terrain. Même les Sup. C'est à cause d'une épidémie de gastro, y'a un trou dans l'effectif. *Répond son collègue.*

— Du coup, c'est qui à la supervision, là-haut ?

— Arlequin.

— Ah, ça y est, il est opérationnel ? Il était en formation avec ce facho d'Ayoub toute la semaine, parfois je le voyais sur le terrain dans son costume arlequin, il suivait ce gros porc comme un petit chien.

**
*

« Comme vous pouvez l'imaginer, il est très difficile pour nous de l'approcher ! ! Sans parler du très important dispositif de sécurité mis en place autour du roi, c'est carrément son service de presse qui nous maintient à distance ! ! ! », commente ce reporter BFM TV, hystérique, micro à la main, face caméra mais compressé avec son preneur d'image au milieu d'une meute formée par ses congénères et bousculé par le service d'ordre. Le cortège officiel stationne devant l'entrée principale du Terminal 4. Entouré de plusieurs ceintures de garde du corps composées d'officiers de protection français et étrangers, le pétro-monarque sort de son véhicule blindé. Une question fâcheuse relative aux droits de l'homme est hurlée à l'attention du roi par le reporter BFM TV qui ne tarde pas à se faire exfiltrer du dispositif par le service d'ordre royal. « No, no, no », ordonne tranquillement le monarque à ses hommes, à la surprise générale. Ces trois « no » successifs viennent de produire sur le roi un effet humanisant. Le monarque est désormais perçu comme accessible, abordable...questionnable. Néanmoins contrarié par la question et retenant un puissant « R' TPOUH ! » au fond de sa gorge, le pétro-monarque fait l'effort d'aller à la rencontre du journaliste. La délégation française, composée du ministre des affaires étrangères, du ministre du tourisme, du préfet de département et de leurs innombrables conseillers, suit le mouvement, dans le sillon du monarque. « Ecoutez », répond le roi dans un anglais parfait : « Mon pays est sur la voie démocratique, il emprunte le chemin du progrès et se rapproche de l'Occident sur certaines valeurs. Mon pays a déjà offert des gages de bonne volonté en bannissant dès aujourd'hui la peine de mort par décapitation ». Les journalistes accueillent cette annonce inédite par un « AAAAaaaaah » d'étonnement et de soulagement.

— Absolument, *confirme le roi*, la décapitation par sabre était une pratique moyenâgeuse. Nous prévoyons maintenant de passer au BDR.

— Attendez...passer au BDR ? ? Mais...n'étiez-vous pas intéressé par cette technologie dans le but d'en équiper les agents d'accueil dans vos aéroports ? *Demande un journaliste.*

— (*Le roi affiche un rictus*) Non. Si nous nous intéressons à cette technologie, c'est pour l'adapter à des colliers électriques de décapitation que porteront au cou nos futurs condamnés à mort, *annonce fièrement le monarque.*

— Mais ? !

— Comme je vous l'ai dit, *sourit le roi*, mon pays entre dans la voie du progrès et l'utilisation du sabre est...obsolète. La France est précurseur dans l'utilisation du BDR, (*son sourire s'agrandit*) vous pouvez être fiers...

— Mais quel enfoiré ! Mais quel enfoiré ! Ce bédouin se fout carrément de notre gueule ! *Chuchote le ministre des affaires étrangères à son collègue en charge du tourisme, furieux.*

— Si vous voulez continuer à mettre de l'essence dans votre luxueuse voiture de fonction, je vous conseille de fermer votre gueule, monsieur le ministre. *Répond le ministre du tourisme.*

Offusquée, la horde de journalistes réagit par un : « OOOooooh ! ! ! », désapprobateur.

— Pardonnez-moi, *reprend le roi, sarcastique*, dois-je comprendre que vous vous prononcez ouvertement contre la peine de mort ? Vous, les occidentaux, êtes quand même d'une hypocrisie sans borne. Vous vous offusquez de l'application dans mon pays de la peine de mort mais vous soumettez volontiers le vôtre à l'idéologie sataniste de la FPA. Entre le rejet de la peine de mort et l'acceptation de la FPA, de grâce, expliquez-moi la différence ?

Erreur 404, bug général dans les cerveaux. Les journalistes, la meute, la horde, s'interroge. Ce paradoxe enflamme les neurones, cette contradiction embrase les cerveaux. Les petits plumitifs, ébranlés de l'intérieur, chamboulés dans leur conviction, se mettent à bégayer, peinant à formuler leur phrase et s'exprimant de manière saccadée comme une bande audio de piètre qualité. Leur logiciel interne bloque, il peine à redémarrer. Cette contradiction mise en lumière représente une véritable torture mentale pour ces gens qui ont cessé de penser, un supplice que même Asghar, le tortionnaire du régime, n'aurait su leur infliger avec autant de succès. Le pétro-monarque, lui, se délecte. Repus de ce spectacle, satisfait de ce « R' TPOUH ! » verbal, il lève la tête vers la signalétique géante « ORLY » qui surplombe l'entrée principale du Terminal 4, jette ensuite un regard méprisant sur la horde avant d'ordonner sèchement au chef du protocole : « Entrons, et commençons la visite ! ».

**
*

« *Au niveau des Arrivées 4, en zone réservée, tu dois avoir cinq agents en train de rien foutre. Regarde aux caméras !* », lui dit Ayoub, par téléphone. Paul fait rouler sa chaise jusqu'aux écrans de surveillance : « Oui, je les vois. Ils sont regroupés autour du pupitre. Ils ne font rien », confirme-t-il. « *Alors tu me les redéploies immédiatement, s'il te plaît ! Cinq agents en plus, ce n'est pas du luxe !* », lui demande son formateur, à l'autre bout du fil. « Je les taze direct ou je les appelle d'abord ? », demande Paul. « *Attends, laisse-moi voir le cheminement...mouais...on a encore le temps. Appelle-les d'abord pour leur demander de se redéployer. Mais appelle-les maintenant !* ». Sans perdre de temps, le superviseur contacte les agents sur place, l'un d'eux décroche :

— *Allô ?*
— Allô, oui, bonjour, c'est le superviseur à l'appareil.
— *Quel superviseur ?*
— Paul.
— *Qui ça ?*
— Arlequin...
— *Ah.*
— *(Peinant à s'imposer, embarrassé à l'idée de devoir donner des ordres)* Est-ce que vous pouvez, si ça ne vous dérange pas, hein, ah ah (*rire nerveux*)...est-ce que vous pouvez, s'il vous plaît, vous redéployer au niveau des Départs 4, toujours en zone réservée, et pour..

— *Ah nan nan moi j'vais nulle part en tout cas, je m'en bats les couilles ! À chaque fois on nous demande d'aller ici, ensuite d'aller là-bas et je..*

— S'il vous plaît, c'est important, vous savez qu'on a la visite de..

— *Hey mais vazi je m'en bats les couilles ! Nique sa mère le roi, j'vais nulle part ! En plus y'a trop de travail ici, y'a plein de passagers qui débarquent !*

— Euh...par contre n'oubliez pas que je vous vois à la caméra. Il n'y a personne sur la zone...

— *Ouais mais même ! On va nulle part !*

— S'il vous plaît, redéployez-vous...

— *Hey nan nan nan, z'avez qu'à envoyer quelqu'un d'autre, moi je me..*

— (*Se mordant les phalanges*) S'il vous plaît, faites-le...ça fait partie de votre travail et vo..

— *Mais j'le fais mon travail ! ! Mon taf c'est pas de faire de la randonnée dans tout l'aéroport wesh ! !*

— (*Faisant l'effort de se contenir*) S'il vous plaît, faites-le...

— *Hey, écoute-moi bien Arle-con, moi j'vais p..*

« Ok, comme vous voudrez », conclut Paul avant d'appuyer sur le clavier de contrôle des BDR : « BZZRRRT ! ! ». « *WEUAAAAAAAAAAH ! Ok ok, on se redéploie, on se redéploie !* ». « Votre affection apparaît bien sur l'écran de votre BDR ? ». « *Oui !* », répond l'agent, effrayé. « Alors ne traînez pas, le chef d'établissement veut voir du rouge partout ! ».

**
*

Tout n'est qu'une question de perception. Ce qui apparaît pour l'œil commun comme inoffensif ou attrayant est perçu d'emblée par ces hommes-là comme une potentielle menace mortelle. Cette passagère sexy au corps sculpté, le postérieur compressé dans un legging vert et tirant derrière elle une petite valise à roulettes peut se révéler être une assaillante dissimulant une lame affutée dans son sillon interfessier, tout comme ce gamin de cinq ans capable de transporter dans son sac à dos « Pat'Patrouille » trois kilos d'un puissant explosif militaire, qui, même en cas de loupé, pourrait provoquer un *blast* arrachant à la cible la moitié de son visage et détruire tout un bloc du Terminal aussi facilement que l'on pourrait arracher à la main un gros morceau de polystyrène. Une première formation en V positionnée en amont de la délégation et composée d'officiers de sécurité français remonte la zone publique du Terminal 4. Les hommes à oreillette éclairent, repèrent, étudient, évaluent et transmettent les informations à leurs collègues. Les passagers, poussant leur chariot à bagage, la tête levée vers les panneaux d'affichage, l'attention captée par les affiches directionnelles ou sollicitant l'aide d'un gilet rouge, ne remarquent même pas la présence de ces hommes très discrets.

La délégation arrive au niveau d'un gilet rouge, sa présence était prévue sur le parcours, Ayoub l'avait planifié sur le plan de supervision. Un « agent témoin » équipé d'un BDR et faisant office de cobaye. À la demande d'un conseiller du roi, Caspian est amené sans ménagement au cœur du dispositif par les agents de sécurité royaux afin d'expliquer à sa majesté le fonctionnement d'un BDR. Présenté au roi en tant que chef d'établissement du pôle accueil de l'aéroport, Caspian commence sa démonstration. Placer le jeune chef d'établissement dans le cœur atomique du dispositif de sécurité n'était pas évidemment pas prévu par le protocole, il s'agit d'un souhait de dernière minute, Caspian n'y était pas préparé. Mort de trouille, filmé, observé, le jeune chef d'établissement parvient à dominer son trac. Il se montre très pro, son discours est clair, explicatif, pédagogique, parfois même « onomatopesque » lorsqu'il lève le poignet et fait « BZZRRT ! ! » pour être sûr de bien se faire comprendre par son interlocuteur. Son discours est traduit à la lettre par l'interprète, le roi est attentif, concentré et esquisse un sourire à chaque « BZZRRT ! ! ». Le chef d'établissement, littéralement, performe devant les caméras de BFM TV et sous le regard jaloux des autres chefs à plumes d'ADF. Intégrés dans les derniers cercles de la délégation, donc tout de même situés à l'écart, Ayoub, Gyro et Lex assistent, admiratifs et à distance, à cette belle performance. Arrive ensuite la partie « travaux pratiques » où l'ordre est donné par téléphone à Paul d'électrocuter depuis son bureau le poignet du pauvre agent témoin. Ce dernier crie et convulse à chaque choc reçu sur son BDR. Caspian démontre au pétro-monarque : « Vous voyez ? C'est efficace ! », l'interprète traduit, sa majesté semble satisfaite. Placé derrière le roi, se faisant discret, Asghar, le tortionnaire du régime, ressent une jouissance sadique chaque fois qu'il voit ce malheureux gilet rouge souffrir et convulser. Presque entièrement nettoyée de son vomi, mis à part quelques filets de gerbe qui ont séchés sur sa veste, Magnum se pointe au même moment et envoie un signe de main à ses collègues superviseurs sans parvenir à se faire repérer. Alors elle y va au culot, interpelle un membre de la délégation, s'annonce comme superviseur en présentant son badge aéroportuaire. « Ah non, vous ne pouvez pas intégrer le dispositif comme ça ! », lui dit ce membre de la délégation avant d'ajouter : « Et surtout pas avec cette odeur ! Vous allez indisposer le roi ! Mais on vous a vomi dessus ou quoi ? ! ». Des passagers, dont l'attention a cette fois été captée par l'arrivée de cette impressionnante délégation et tenus à distance par les agents de protection, tentent d'immortaliser la scène avec leur smartphone même s'ils ne parviennent pas à voir ou à deviner QUI est la personnalité au centre de ce bloc humain très opaque, QUI est le VIP autour duquel grouillent ces dizaines d'officiels et de journalistes comme autant d'asticots sur la surface rugueuse d'un bon morceau de camembert. L'interprète du roi, dans une attitude très solennelle, mains jointes, le corps raide comme un piquet, soumet une demande à Caspian d'une voix posée : « Sa majesté révérendissime, son altesse vénérée, Roi de toutes les oasis, empereur des sables levants, descendant du Créateur de toute chose et protecteur de la nature, souhaite savoir quel ampérage le BDR doit atteindre pour parvenir à la combustion des tissus humains ? ».

— Hein ? *Répond Caspian, pris au dépourvu.*

— Je répète, *dit l'interprète*, Sa majesté révérendissime, son altesse vénérée, Roi de toutes les oasis, empereur des sables levants, descendant du Créateur de toute chose et protecteur de la nature souhaite savoir quel ampérage le BDR doit atteindre pour parvenir à la combustion des tissus humains ? Pour parvenir à trancher une tête, en fait.

— Ok...euh...LEX ! ! *Appelle Caspian.*

Saisit aux aisselles par les agents de sécurité royaux, l'expert en questions aéroportuaires est amené de force au cœur du dispositif. Se démenant mentalement afin de trouver la réponse la plus précise possible, l'expert prend une longue inspiration, rentre le ventre, lève le menton, pose ses mains sur sa tête, ce qui lui vaut d'ailleurs un rappel à l'ordre de la part de l'interprète qui lui ordonne :

« Vos mains ! ! ». « Ah pardon ! », réalise Lex en ramenant brusquement ses mains au niveau de son entrejambe pour adopter à son tour la solennité gestuelle, entre respect et soumission, qu'impose la visite officielle d'un type qui tient la moitié du globe par la pompe. Mains jointes comme un joueur de foot protégeant ses attributs d'un imminent tir au pénalty et tête baissée, Lex apporte la réponse appropriée. L'interprète traduit, le roi acquiesce de la tête, Asghar se lèche les babines. Le tortionnaire du régime jouit à l'idée d'enrouler bientôt autour des cous, ce nouveau joujou.

**
*

« On croit rêver ! Même dans ce bar conçu comme une taverne à l'ancienne, on trouve le moyen de diffuser BFM TV », s'indigne Praline, désignant du menton les écrans fixés au mur. « Ils retransmettent en direct la visite du roi de je ne sais plus quel pays, là », constate l'urbaine à lunettes avant de commenter, à propos de leur ami au jean rouge : « Dommage qu'il se soit levé de table, le sujet des BDR avait l'air de l'intéresser ». « Bah visiblement, là, il a l'air d'être intéressé par autre chose », constate l'assistante dévouée en regardant vers le comptoir.

Accoudé sur le zinc, légèrement enivré après deux pintes de bière, le ton séducteur et le regard chaud, Tao, le militant sous protection policière, lui demande : « Comment tu imagines ta mort ? ». L'urbain au jean rouge marque un temps de réflexion, puis il répond : « Dans un bâtiment en feu ». Tao éclate de rire : « Un bâtiment en flammes ? En presta FPA ! Mais ça n'existe pas ! ». « Je sais, mais c'est comme ça que je l'imagine. Qui sait, peut-être un jour... », espère l'urbain. « Le plus tard possible... », lui souhaite Tao avant de poser sa main sur la sienne. « Alors, ça dragouille pour repartir en trottinette et s'enfiler comme des tapettes ? », leur lance cet indélicat, le fameux mec bourré avant l'heure, il y en a toujours un. « Ça existe encore ce genre de con, aujourd'hui ? ! », s'offusque Tao. « Hey, mais j'te reconnais ! Toi, le bridé, c'est pas toi le pédé qui se bat contre le régime pétrolier ? AH AH ! Quelle blague ! Le mec il donne des conférences LGBT, attention, c'est pas n'importe qui, pfrfrff ! », glousse l'individu en titubant vers eux, grossier, moqueur, mais pas encore menaçant : « Bientôt, tu animeras une conférence TEDx ! Etonnant pour une tapette qui s'était prononcée contre la FPA sur ses réseaux sociaux ! », balance l'indélicat. « COMMENT ? ! Tu es CONTRE la FPA ? ! Je suis en train de me faire draguer par un facho ? Par un complotiste ? ! », s'indigne l'urbain au jean rouge en regardant son séducteur avec rage et mépris. « Complotiste ET pédé ! », hurle l'indélicat avant d'accélérer le pas vers Tao pour tenter de l'agripper par le col. Ne pouvant reculer plus que ça à cause du comptoir, le militant se met à paniquer jusqu'à l'intervention spectaculaire de ses anges gardiens, les deux policiers de la DGSI surgissent et frappent comme deux éclairs à la stupéfaction générale. Glorieux saisit Tao par les épaules pour l'écarter du comptoir pendant qu'Haddad effectue sur l'individu une puissante clé de bras avant de lui plaquer violemment la tête contre le zinc et lui enjoindre : « Excuse-toi ! ».

— Je m'excuse !

— T'as dis quoi ? *Lui demande Haddad, joueur.*

— Je m'excuse !

— J'entends rien.

— Je m'excuse ! !

— Plus fort ! !

— JE M'EXCUSE ! ! !

Haddad menotte ensuite le mis en cause en entravant ses poignets avec un bracelet en acier glacé, beaucoup plus classique que les BDR, mais tout aussi efficace, puis il sort sa carte de police et la présente au barman : « Appelez les collègues pour qu'ils viennent ramasser ce gros sac à merde ».

**
*

« Je suis habitué à ce déferlement de haine, tous les jours, sur les réseaux sociaux. Mais là, dans le réel, c'est autre chose. Ça secoue... », marmonne Tao en se passant de l'eau sur le visage. Glorieux est resté posté à l'extérieur des toilettes du bar tandis qu'Haddad sécurise de l'intérieur ces lieux soudainement privatisés, debout, les bras le long du corps, vigilant.

— Vous savez combien il y a d'habitants sur cette planète ? *Lui demande Haddad, dos à lui.*

— Je ne sais pas, presque huit milliards, un truc comme ça. Pourquoi ? *Demande Tao, la tête au-dessus du lavabo.*

— Sur ces huit milliards, pas un seul n'a le droit de vous manquer de respect.

— Je...j'ai toujours pensé que vous ne m'aimiez pas. *Lui confie Tao, surpris par cette marque d'empathie.*

— *(Il se retourne)* Je ne suis pas là pour que vous m'aimiez, je suis là pour faire mon boulot. Vous avez des problèmes, j'ai des problèmes, tout le monde a des problèmes. Alors, vous me respectez, je vous respecte, et c'est bien comme ça.

Le regard de Tao s'attendrit, il sourit : « Merci ». Sans fendre l'armure, Haddad reprend sa posture. « Parfois, vous donnez l'impression de quelqu'un qui n'a pas de cœur », lui dit Tao en riant. Le cuir est fendu,

Haddad sourit à son tour : « C'est ce que me reproche souvent ma femme ». « Ah ah ! Donc ça veut dire que vous...attendez...deux secondes », s'interrompt Tao en sortant son smartphone de sa poche. « Tout va bien ? », lui demande le policier. « Oui, non, je viens de recevoir une notif BFM TV. Quelque chose est en train de se passer à Orly, à l'aéroport, pendant la visite du roi », répond Tao, ouvrant d'un tapotement du doigt sur l'écran, l'appli BFM.

**
*

« Mais...mais tu m'as demandé de redéployer les agents au DEPART 4 ! », lui dit Paul, au téléphone, voyant les indicateurs de redéploiement clignoter de manière frénétique sur ses écrans. « *Je sais, mais l'itinéraire a changé ! La délégation se dirige vers les Arrivées 4 ! !* », répond Ayoub, à l'autre bout du fil ». « Mais ce n'était pas prévu ! ! », panique Paul. « *Il faut que tu rappelles tous les agents pour qu'ils reviennent aux Arrivées 4 ! ! Ceux que tu as redéployés, et les autres !* ».

— Ok, ok, je les appelle et je..

— *NON ! ! ! Pas le temps de passer des coups de fil ! ! Pourquoi portent-ils des BDR au poignet ? ! Redéploie-les avec ! Tu envoies le choc électrique ET la nouvelle affectation ! ! Tu fais un redéploiement croisé, comme je t'ai déjà montré !*

— Mais...je...un redéploiement croisé ? ? ? Mais c'est une procédure que tu ne m'as jamais montrée ! !

— *Paul ! La délégation va se pointer aux Arrivées dans deux minutes et y'a pas un seul agent d'accueil ! Caspian et les grosses têtes d'ADF veulent voir du rouge partout ! MAINTENANT ! !*

— Mais...je...les...les indicateurs s'emballent, ça clignote de partout sur mes écrans ! !

— *C'est parce que tu dois ordonner un redéploiement croisé ! ! À cause du nombre d'agents ! !*

— Mais je ne sais pas comment on fait ! ! Je dois faire quoi ? ?

— *TU RE-DÉ-PLOIES ! !*

**
*

« Tu vois, c'est dans un cas comme celui-là que je me dis que la télécommande coordo nous aurait vachement facilité la vie », chuchote Lex à Caspian, marchant avec la délégation en direction des Arrivées 4. « Si les agents arrivent trop tard, c'est le ratage total. Je te jure que, si je me plante, je...je...je réfléchis à réaliser ma FPA », lui répond Caspian en chuchotant, paniqué. « Teu teu teu, ne dis pas n'importe quoi ! Tu as super bien géré devant le roi, tu as impressionné tout le monde. Après ça, son pays va acheter à la France la technologie des BDR, tu verras. Et pour le reste, tout va bien se passer. Paul va assurer. », le rassure Lex.

**
*

« Mais comment fait-on un redéploiement croisé ? Comment on fait, putain... ? Sont où les boutons ? », s'interroge à voix haute, le superviseur arlequin. À mesure que la délégation approche des Arrivées 4, les indicateurs de redéploiement se multiplient en apparaissant sur ses écrans sous la forme de petits cercles verts qui se mettent à clignoter de plus en plus vite. Un effet stroboscopique ajoutant de la pression à la pression déjà pesante sur les frêles épaules du petit nouveau. Les indicateurs changent de couleur, ils sautent l'étape orangée pour passer directement du vert au rouge. Les écrans s'emballent ! « Bon, OK ! », se résigne Paul en s'emparant à deux mains du clavier de redéploiement : « Je dois pouvoir y arriver, je dois pouvoir y arriver... ».

**
*

Départ 4, Zone réservée, zone de passage à la police aux frontières

Postée dans un coin, surveillant les gilets rouges, la CSC veille au grain. CSC, « Coordinateur Service Clients ». La fonction de CSC, c'est la police des polices de la conformité chez Aéroport De France. Vêtues d'un tailleur ou d'une robe bleue marine griffée ADF, les épaules recouvertes d'une élégante cape noire façon Batman, le bras accessoirisé d'un petit sac à main rouge et armées de leur tablette Apple, les CSC se postent dans un coin, observent, surveillent, notent et caftent. Elles relèvent tout ce qui est non-conforme pour ensuite cafter par mail « la défaillance du superviseur sur la conformité de ses agents ». « Y'a vraiment que des nanas pour faire ce job », a souvent pesté Ayoub à leur sujet. Ces petites patrouilleuses aéroportuaire à l'allure martiale et au dress code d'officiers de la Stasi circulent parfois en binôme. Dès trois heures du matin, ces petits insectes délateurs sont lâchés de leur insectarium par colonies entières pour couvrir l'ensemble du territoire aéroportuaire en infestant les terminaux comme des centaines d'indécrottables petits cafards. Parfumée, chic, gracieuse et envoutante, la CSC, c'est aussi l'élégance à la française. Une hôtesse de terre au charme dévastateur.

« Pfff, ici, faut pas être claustro. Je hais le Départ 4 », soupire Flash, l'agent d'accueil saboteur de BDR, posté en amont de la Police aux Frontières, armé d'une scanette, prêt à affronter le flux passager : « Je préfère mille fois être affecté au Départ 3, en zone réservée. C'est plus vaste, plus ouvert. Le Départ 4, c'est petit, étroit et confiné. On a l'impression de vivre sous terre », rajoute-t-il avant de consulter discrètement son téléphone portable. Sa collègue postée avec lui en amont l'invite à plus de discrétion : « Sors pas ton tel devant la CSC, on va encore se manger une remarque. Et en plus y'a Arlequin qui peut nous voir aux caméras. Sans compter le passage du roi de je ne sais plus quel pays, là. ». « On est même pas sûr que le VIP passe par ici. Et puis c'est bon, ils me saoulent tous, là ! On a l'interdiction de mettre les mains derrière le dos, de s'accouder, de s'asseoir juste cinq minutes. Et si on a le malheur de faire un écart, ils nous tazent ! », se plaint Flash. « Y'a que Gyro qui nous taze pour les non conformités », lui dit sa collègue. « Ouais bah il a pas le droit de nous tazer pour ça ! L'électrocution par BDR c'est uniquement pour les redéploiements ! Ma parole, je vais aller au prud'hommes, moi ! », menace le saboteur de BDR. « Du coup, t'as échappé à l'épidémie de gastro ? », lui fait-elle remarquer. « Ce n'était pas la gastro », révèle Flash avant de lui expliquer le vomitif déroulé des faits : « On était en salle de pause, Bioshock et Kourssirkui ont commencées à s'embrouiller pour une histoire à la con et c'est là qu'ils ont tous commencé à recevoir des chocs électriques sur leur BDR, comme ça, sans raison. Comme un bug. Et y'avait un gilet rouge, un nouveau, il s'est mis à vomir après le premier choc ». « Oui, normal, comme tout le monde la première fois », se rappelle-t-elle. « Ouais. Mais c'était tellement dégueu que les autres agents présents se sont aussi mis à gerber. C'est ça la vraie histoire. ». « Mais toi, t'as pas reçu de choc sur ton BDR ? », lui demande-t-elle. « Euh...si si, bien sûr. Mais j'ai quitté la salle de pause avant que tout le monde se mette à vomir », ment-il, n'osant révéler à sa collègue qu'il est parvenu à désactiver son BDR. Des voyageurs arrivent, les deux gilets rouges allument leur scanette. Par flemme et démotivation, Flash se met en retrait. Solidaire, sa collègue se place devant lui pour scanner un maximum de passagers : « Bonjour Madame, bonjour Monsieur. Veuillez sortir vos cartes d'embarquement, s'il vous plaît ! Voilà, merci, bon voyage ! Passeport européen ? Par ici, s'il vous plaît. Bonjour, veuillez sortir vos cartes d'embarquem..(*BZZZRRT ! !*) WEUAAAAAH ! ! ! PUTAIN ! ! ! ! JE VIENS DE ME FAIRE TAZER ! ! ! », hurle-t-elle en laissant tomber sa scanette. L'écran de son BDR affiche l'affectation « ARRIVÉES 4 ». « Arrivées 4 ? On doit aller aux Arrivées 4 ? Mais...tu ne t'es pas fait électrocuter ? », demande-t-elle à Flash. « Euh...si si, Aïïïïe ! ! Ouh la la, ça fait mal dis donc, ouh la la... », feint-il, tenant son poignet prétendument atteint d'une douleur imaginaire. Leurs autres collègues positionnés plus loin sur les lignes d'attente de la DPAF arrivent également en montrant leur BDR : « On vient aussi de se faire tazer, on doit tous aller aux Arrivées 4 ! Obligé, c'est pour la visite du roi de je ne sais plus quel pays, là ! ».

— Mais...on part tous ? ! On laisse les Départs 4 comme ça ? *Demande Flash, à sa collègue.*

— Bah y'a la CSC qui est là, elle n'a qu'à gér..(*BZZRRT* ! !) WEUAAAH ! ! PUTAIN MAIS CA FAIT MAL ! ! Ok, ok, on y va ! *Crie-t-elle en direction des caméras de surveillance.*

— Arlequin, fils de pute ! *Pestent les autres agents en quittant la zone.*

**
*

Les gilets rouges ayant quitté les Arrivées 4 s'approchent des Départs de la même zone, ils se retrouvent nez à nez avec leur collègue : « Mais ? ! Qu'est-ce que vous faites là ? ! Pourquoi vous avez quitté les Départs 4 ? ! ». « Bah on a tous été redéployés aux Arrivées 4 ! », répond Flash. « Ah bon ? ! Parce que nous, on s'est tous fait tazer pour aller aux Départs 4 ! ». « Hein ? », s'étonne Flash. « Oui ! On était aux Arrivées 4 et Arlequin nous a taz..(*BZZZRRT ! !*) WEUAAAAH ! ! PUTAIN ! ! ! ! », hurlent les gilets rouges des Arrivées 4, tenant leur poignet en flamme et consultant leur BDR : « On a reçu une nouvelle affectation, maintenant il y'a écrit Arrivées 4 ! ! Putain, mais faudrait savoir ! ! ! Départ 4 ou Arr..(*BZZRRT* ! !) WEUUUAAAAH ! ! ! Aïïïïe euuuh ! ! Ok ok ! On file tous aux Arrivées 4 ! ! », abdiquent-ils dans la douleur.

**
*

— *La CSC des Arrivées 4 vient de me téléphoner pour me signaler qu'une vingtaine de nos agents est rassemblée aux Arrivées ! Il y a ceux des Départs 4 ET des Arrivées !* Crie Ayoub, à l'autre bout du fil.

— Et ? ! Ce n'est pas ce que vous vouliez ? ? Du rouge partout aux Arrivées 4 ! *Répond Paul, la tête levée vers ses écrans.*

— *Mais regarde tes caméras ! Ils sont tous regroupés alors qu'ils doivent être redéployés SUR leur poste !*

— Redéployés sur leur poste ?

— Deux agents positionnés en amont, deux aux PARAFE, un au pupitre, deux au dispatch. Je te rappelle que nous sommes dans un aéroport, ça te dit quelque chose ? ! ? !

— Mais je pensais que le BDR était utilisé pour un redéploiement d'une zone à l'autre, par pour positionner les agents sur leur poste !

Paul entend en fond sonore la voix de Gyro qui demande à Ayoub : « *Tu ne lui as pas montré comment on fait un redéploiement croisé ?* ». « *Ah merde...non, je crois que j'ai oublié* », répond Ayoub, visiblement embarrassé.

— Allô, Paul, c'est Gyro. Ecoute, on ne peut pas t'expliquer la procédure par téléphone, on n'a pas le temps, on marche derrière la délégation, ils seront tous là dans une poignée de secondes ! Si tu as trop d'agents, ce n'est pas grave ! L'important c'est qu'ils soient positionnés sur un poste, sinon ça va faire brouillon et désorganisé. Et dans le cadre d'une visite officielle, on ne peut vraiment pas véhiculer une telle image ! Surtout devant BFM ! ! Ok ? ? Alors, tu armes en effectif les zones avec le double d'agents, ce n'est pas grave, ça fera du rouge partout !

— Non mais d'accord. Mais on fait comment ? ? ?

— *On compte sur toi !* Il raccroche.

Le superviseur arlequin constate grâce à la vidéosurveillance que la zone des Arrivées 4 est rouge d'agents, tous regroupés entre eux comme une masse de globule rouge. Aucun n'est à son poste. La CSC de la zone qu'il aperçoit à la caméra semble également dépassée par ce surnombre d'agents non-affectés. Pressé par le temps, par ses indicateurs et ses écrans, Paul prend l'initiative d'augmenter l'ampérage des Bracelets De Redéploiement en s'imaginant bêtement que la graduation de la douleur est forcément liée à la rapidité d'exécution des ordres sur le terrain.

**
*

« Je viens d'apprendre qu'un vol initialement prévu à Orly 3 va finalement débarquer à Orly 4 dans une poignée de secondes », annonce discrètement Lex, à Caspian, tout en marchant au sein de la délégation.

— Je ne vois pas en quoi cela est problématique. Au moins, le roi verra le fonctionnement des BDR en situation réelle. *Répond Caspian.*

— C'est un vol en provenance de Tel Aviv...

— Ah merde...ne peut-on pas temporiser le flux, le temps de la visite ? ?

— Non, on ne temporise pas pour 78 passagers.

— 78 passagers qui vont se retrouver face à un type qui avait déclaré vouloir rayer leur pays de la carte ! !

— On va gérer, on va gérer...*Tente-t-il de se convaincre en se mordillant les lèvres, gagné par la nervosité.*

**
*

« Toi et ta grande bouche ! ! », reproche souvent Toufik, gérant de ce centre SDS qui se remet à peine des dégâts causés par Paul, à sa nouvelle employée embauchée à mi-temps, Dialla, une jeune noire post adolescente qui arrondie ses fins de mois grâce à son boulot d'agent d'accueil au poignet cramé à l'aéroport d'Orly qu'elle cumule avec un troisième job, celui de faire les courses pour un entrepreneur dans l'immobilier légèrement autiste, agoraphobe et dont la vie quotidienne a été organisée de manière à croiser le moins de monde possible. C'est depuis la dernière inflation que l'Etat avait proposé dans les centres *Soft Dead Solution* l'option de la « dernière confession ». Une prestation, payante cette fois, qui propose aux courts-termiste d'enregistrer durant deux minutes max, leurs derniers états d'âme sur une bande numérique. Cela permet au futur suicidé de vider son sac et ça paye en partie l'entretien de ces capsules mortifères. Allongé confortablement en « position momie » à l'intérieur du sarcophage, bras en croix sur la poitrine, le court-termiste se livre une dernière fois avant que le capot de verre ne se referme définitivement sur sa tronche et libère le flux d'azote mortel :

— Faut quand même être conscient qu'on vit dans une société où l'on se fait très facilement insulter. Il y a cette espèce de violence latente de...non, cette HYPER violence, plutôt. Vous lisez un peu les faits-divers ? L'autre jour, un mec s'est fait casser la gueule parce qu'il était mal garé. Il s'est carrément fait crever les yeux, putain. Cre-ver les yeux ! Des histoires comme ça, il y en a tous les jours. *Confie le futur décédé.*

Assise à côté du caisson sur un tabouret, smartphone dans les mains, visionnant sur TikTok des vidéos débiles d'ados cruels faisant exploser leur chien avec une ceinture de téléphones cellulaires, Dialla garde un œil sur le dictaphone numérique, veillant à ce que le confessé ne dépasse pas les deux minutes de bla bla.

— Sans compter mon éco-anxiété que je n'arrive plus à gérer, *continue-t-il*, elle s'accroit de plus en plus. Le réchauffement climatique et ses conséquences directes dans nos vies. J'ai entendu parler sur BFM de ces logements qui toussent et brûlent de l'intérieur, justement à cause du dérèglement du climat et qui..

— Putain mais vous êtes sérieux ? ! *S'agace Dialla en*

décollant les yeux de son téléphone. Et c'est ça qui vous donne envie de mettre fin à votre parcours ? !

— Que...comment ? ! *S'étonne le court-termiste en relevant la tête.*

— Mais vous avez vécu QUOI pour avoir envie de mourir ? ?

— Bah...je...rien de particulier mais...je...ce n'est pas le sujet !

— Mais prenez-vous en main au lieu de vous plaindre ! ! Vous vous êtes déjà fait casser la gueule pour une place de parking ? ?

— Euh...non.

— Votre logement a toussé ?

— Non plus.

— Alors, éteignez la télé, sortez de chez vous, faites preuve de courage, porter vos couilles et changez de vie ! !

— Mais qu'est-ce que ? ! NON MAIS ÇA NE VA PAS ? ? Vous êtes qui pour me juger ! ! *S'énerve le jeune homme en sortant de son sarcophage.* Je pars d'ici ! Je n'ai plus envie de mourir à cause de vous ! ! !

— Bah...tant mieux, non ? ? ?

— Pas chez vous, en tout cas ! *Crie-t-il avant de quitter le centre SDS, furieux.*

Mis au courant de l'incident, Toufik ne tarde pas à lui téléphoner : « *Il s'est passé quoi ? Pourquoi le mec s'est barré ? ?* ». « J'en ai marre d'écouter des imbéciles qui trouvent le moindre prétexte pour mettre fin à leur parcours au lieu de continuer à se battre ! », explique Dialla. « *Mais ça, c'est PAS ton problème ! ! Le mec veut partir, laisse-le partir ! ! Chaque fois que quelqu'un se présente ici pour décéder, tu fais tout foirer en retirant aux gens l'envie de mourir ! TOI ET TA GRANDE BOUCHE ! !* », lui reproche-t-il une énième fois avant de raccrocher. Dans la crainte de perdre ce job et envisageant une perte de gain imminente, Dialla envoie un texto à son autre employeur.

**
*

« Tiens, regarde, c'est triste, encore une conséquence du réchauffement climatique. Cette fois ce sont les entreprises qui sont touchées. Y'a VRAIMENT urgence à réagir ! », lui dit l'urbaine à lunettes en sirotant sa pinte, désignant du menton l'écran fixé au mur. Toujours attablée, ayant commandé une troisième chope de bière, Praline lève la tête vers cet écran branché sur BFM et qui, tout en continuant à retransmettre en direct la visite du roi sur le site d'Orly, fait défiler en bas de l'écran l'anxiogène bandeau *Alerte info* qui affiche : « Le prestataire FPA Ice Pool a été carbonisé de l'intérieur suite à une combustion spontanée causée par le réchauffement climatique ». L'assistante dévouée fronce les sourcils et s'interroge mentalement : « Ice Pool ? C'est quoi cette histoire ? Je n'ai pas le souvenir d'avoir apporté à Daymol un contrat pour carboniser Ice Pool ? ». Elle prend son smartphone et lui envoie un texto via une messagerie cryptée.

**
*

Affalé sur son canapé, la télé allumée sur BFM TV, visionnant en même temps sur TikTok de sanglantes vidéos de chiens explosés, le jeune entrepreneur répond aux messages qui lui sont envoyés :

SMS Dialla : Bonjour Daymol, vous avez besoin de courses ? Je suis disponible si besoin. Vous pouvez m'envoyer votre liste. Bonne fin de journée. Dialla.

SMS Daymol : Bonjour Dialla. Pour le moment j'ai tout ce qu'il me faut. Merci.

SMS Praline : Re. Tu as fait sauter Ice Pool ? ? C'est un prestat FPA. Je n'ai pas le souvenir d'un contrat visant à éliminer cette société ? Regarde sur BFM.

SMS Daymol : Oui c'est moi. Je l'ai fait sauter pour m'entraîner. J'avais besoin de tester de nouvelles amorces. Je l'ai choisi par hasard, de toute façon ils n'ont que de mauvais commentaires sur Google. Ton début de soirée se passe bien ?

SMS Praline : Ah ok. Oui, merci. Mes ratés d'amis et moi passons un bon moment. Bonne soirée...

**
*

« Je n'ai pas cumulé assez d'heures pour mon régime d'intermittent », s'inquiète Victor, le colocataire de Paul, debout dans le salon à trier ses fiches de paie. « Il t'en manque combien ? », lui demande Alexandra, assise sur le canapé devant BFM TV.

— Sept ou huit. *Répond le comédien.*
— J'ai un plan, si ça t'intéresse. Je connais une famille qui organise une grande fête de départ FPA pour la grand-mère. Ils sont tellement heureux que la vieille ait enfin accepté de partir qu'ils veulent embaucher un clown pour animer la soirée.
— Je suis comédien, pas clown !
— (*Elle se retourne vers lui)* Et alors ? Ça reste un rôle comme un autre.
— Mais c'est chez des gens. C'est une soirée privée ? Si je fais le clown pour eux, ces heures seront-elles

comptabilisées au même titre que pour un job d'intermittent ?

— Je ne sais pas, il faut que tu te renseignes auprès du Pôle emploi du spectacle. Mais décide-toi rapidement parce que si tu refuses de faire le clown pour eux, moi je le ferais volontiers.

— Je vais le faire, je vais le faire, *dit-il en s'asseyant à côté d'elle sur le canapé.* Faut bien payer le loyer. Et puis Paul semble tenir dans son nouveau boulot, malgré les horaires décalés. Je ne serai pas étonné qu'il prenne la décision de se barrer de la coloc pour se prendre un appart.

— Tiens, regarde, sur BFM, lis le bandeau d'info en bas de l'écran. Encore une conséquence du réchauffement climatique. Cette fois ce sont les entreprises qui sont touchées.

**
*

« Mais ? ! », s'étonnent les employés de cette boîte de com' en voyant Lory GAULAUX débarquer dans l'open space en fin de journée. « Mais...t'étais pas censé mourir ? ? ? », lui demande une collègue. Les plus blagueurs se lâchent en pouffant de rire : « Ça se trouve c'est pas lui, c'est son fantôme. On va l'appeler Casper, pfrfrfr ! ! ». Se dirigeant vers son emplacement, peinant à masquer son agacement, Lory s'emporte : « C'est ça, c'est ça, foutez-vous de ma gueule bande d'enfoirés ! Ma FPA s'est mal déroulée. Je devais mourir chez Ice Pool noyé sous une couche de glace mais le.. ». « Oui, je viens de recevoir la notif info sur mon appli BFM. Ice Pool a sauté à cause du réchauffement climatique. », l'interrompt un collègue.

— Euh...ah bon ? *S'étonne Lory.*
— Oui. Bah...c'est bien à cause de ça que tu n'as pas pu réaliser ta FPA ?

Visiblement, Lory n'était pas au courant. Le court-termiste réalise rapidement qu'il peut sauver la face s'il saisit cette perche au bon moment. Alors, il ment : « Euh...oui...si, SI ! Bien sûr ! Voilà, c'est parce qu'Ice Pool a sauté que je n'ai pas pu réaliser ma FPA ! C'est à cause du réchauffement climatique ! ». « Aaaah, dur ! On est sincèrement désolé pour toi, Lory. On espère que tu te feras rembourser ! », se lamentent ses collègues. « Merci, merci à tous », répond-il en se réappropriant son bureau de chef de projet.

— Lory ? ! Tu n'étais pas censé mourir ?
— *(Il se relève)* Ah, salut patron ! Non, je n'ai pas pu à cause du réchauffement climatique.
— Ok, ça tombe bien. Je peux te voir deux minutes ?

L'employeur et son salarié partent s'enfermer dans un bureau aux parois vitrées placé au milieu de l'open space.

— Quand comptes-tu mourir ?
— Je ne sais pas, patron, *confesse Lory.* Je dois d'abord essayer de me faire rembourser par Ice Pool. Ça m'a coûté un paquet d'oseille.
— Ça m'arrangerait beaucoup que tu reportes ta FPA, si ça ne te dérange pas.
— Pourquoi ?
— Parce qu'on a signé un nouveau contrat. Avec l'Etat. Le gouvernement nous a engagé pour réaliser une énorme campagne de com' pour redorer l'image des SDS. Les SDS sont désertés et perçus dans la population comme une mort honteuse, une mort de faible. L'idée c'est de faire passer le message que, mourir en SDS, c'est hyper tendance et hyper cool. On va surtout cibler les jeunes. On va faire

une énorme campagne marketing et marteler que, non, il n'y a aucune honte à faire sa FPA dans un SDS. Faudra pas se louper, faudra être subtil tout en faisant gaffe à ne pas froisser les prestataires FPA. Faut éviter de faire passer le message que l'Etat est en concurrence avec les sociétés privées. J'ai donc besoin que cette campagne soit pilotée par mon meilleur chef de projet. Alors, si tu pouvais mourir un peu plus tard, ça m'arrangerait.

— Euh...eh bien, oui...oui ! Evidemment, j'accepte avec plai..(*son téléphone sonne*), Ah, désolé patron. Je dois décrocher, c'est mon ex femme...Allô ?

— *C'est moi. Lory, je tenais à m'excuser de t'avoir insulté de loser. Je viens de voir sur BFM qu'Ice Pool avait sautée à cause du réchauffement climatique.*

— Hein ? Euh...ah, oui ! Oui, en effet. C'est terrible...le climat part en vrille, y'a vraiment urgence à réagir !

— *Je suis vraiment désolée de m'être emportée comme ça. Quand comptes-tu mourir, du coup ?*

— Pas tout de suite. J'ai repris le boulot et y'a pas mal de choses à f..

— *Ok ok. Bon, eh bien tiens-moi au courant. Bon courage et désolée une fois encore (*elle raccroche).

— Espèce de folle...*marmonne Lory.*

— C'est bon pour toi ?

— C'est bon pour moi ! *Confirme le court-termiste.*

**
*

Vol Tel-Aviv, TO6371. Les passagers fraîchement sortis de l'avion se retrouvent bloqués entre la passerelle et le couloir de débarquement menant à la salle de la gestion de la frontière. Massés devant l'entrée du couloir de débarquement, pressés de s'engager dans les files menant au contrôle des passeports, les voyageurs s'impatientent. Incompréhension, colère et plaintes. Ils cherchent à comprendre pourquoi on les empêche d'avancer, aucun employé d'ADF ne leur apporte de réponse. La tension monte. Les familles avec des enfants en bas âge sont les premières à basculer de la plainte au hurlement, puis à la menace. Seule face au flux, la CSC fait face : « Je vous demande seulement de patienter quelques minutes, s'il vous plaît ! », leur enjoint-elle, faisant barrage avec sa main. « Ça fait dix plombes que vous nous faites poireauter ! On n'a pas que ça à foutre ! Nous sommes avec des enfants ! ! Déjà qu'on a atterri dans le mauvais Terminal ! Putain mais vous êtes nuls ! ! ! », s'emportent les voyageurs. L'élégance à la française est mise de côté un court instant par la CSC, le temps pour elle de se tourner vers la *chef d'équipe terrain* des gilets rouges et de lui hurler : « Ton superviseur, il les redéploie quand ses PUTAINS de gilets rouges lààà ? ? ? On a besoin d'eux à leur poste pour gérer les pax ! Je suis en train de temporiser seule avec le plat de ma main un flux passager enragé ! ! ! Et il arrive quand votre VIP lààà ? ? ? ».

**
*

La délégation royale ne se trouve qu'à une poignée de secondes des Arrivées 4. « Ah…apparemment, une temporisation a lieu en ce moment pour les passagers du Tel-Aviv qui vient d'atterrir », annonce Caspian à Lex, en consultant son téléphone. « Oui, c'est moi qui vient de leur envoyer l'instruction. Finalement, ça vaut mieux. Ça laisse le temps au VIP de faire sa visite puis aux passagers de débarquer juste après son départ », confirme l'expert. « Nos agents sur place ont-ils été redéployés sur leur poste ? ? ? », s'inquiète le chef d'établissement. « La CSC est là, elle va gérer, elle va gérer... », le rassure l'expert.

**
*

« Donc, si je place deux gilets rouges en amont, puis deux devant les files du.. », compte Paul devant ses écrans avant d'être interrompu par un appel de sa chef d'équipe : « *Arlequin, tu la redéploies QUAND notre vingtaine d'agents làààà ? ? Ils sont tous regroupés autour du pupitre d'information et j'ai la CSC sur le dos qui est à deux doigts de se faire bouffer par le flux passager ! ! !* ». « Donne-moi juste deux secondes ! ! ! », lui demande Paul.

**
*

« C'est bon, c'est bon, vous allez bientôt pouvoir débarquer en salle ! Je vous demande seulement quelques secondes de patience ! ! », crie la CSC, suppliant les passagers. « Vas y c'est bon, maintenant y'en a marre ! ! », craque une mère de famille en forçant le passage. La colonne de voyageurs s'engage dans le couloir de débarquement, la CSC ne résiste pas, elle se place immédiatement sur le côté et se retrouve le dos collé au mur, aplatissant son corps au maximum, rentrant le ventre, coupant sa respiration. Une volonté d'invisibilité qui l'empêchera de se faire piétiner par le flux passager.

**
*

« Ok…j'ai mes positions sur mes écrans, les agents sont sur zone, l'ampérage des BDR est au maximum…je peux enfin faire mon redéploiement croisé », répète Paul une dernière fois avant de prendre une longue inspiration et de placer son index au-dessus de la touche de redéploiement : « Ok…j'appuie. ».

**
*

« Fais attention à ce qu'il ne tombe pas du toboggan ! », s'inquiète-t-elle. « Chérie, arrête de stresser ! Nous sommes dans un jardin d'enfants, pas dans un camp militaire ! Et puis regarde, je le tiens à deux mains », le rassure son mari, agacé. « Ok, fais-le glisser, mais doucement, hein », lui demande-t-elle, conciliante. Après d'âpres négociations entre ses géniteurs, le môme de deux ans effectue enfin sa descente du haut du toboggan, seul comme un grand, achevant sa glissade dans un éclat de rire. « Tu vois ? Il n'y avait pas lieu de s'inquiéter », lui fait constater son époux, professeur reconnu spécialisé dans la chirurgie de la main, du membre supérieur et des nerfs périphériques, avant de décoller son enfant du sol pour le replacer dans les bras de sa mère le temps pour lui de répondre à un appel impromptu : « Allô ? ». « *Allô, Docteur, nous avons besoin de vous en urgence à l'hôpital ! Nous avons une situation de crise à l'aéroport d'Orly !* ».

**
*

« WEUUUUAAAAAAAAAH ! ! ! », hurlent les gilets rouges en se tenant le poignet : « ARRÊTEZ ! ! ! S'IL VOUS PLAÎT ARRÊTEZ ! ! ! ! », supplient-ils en frappant violemment leur avant-bras contre le mur, d'autres adoptent la position d'un arbitre comptant la fin d'un match de boxe en s'agenouillant pour se fracasser le poignet contre le sol et tenter de briser leur BDR qui semble avoir atteint la température d'un métal en fusion : « Ça brûûûûûlle ! ! ! ! ». Arrivée sur zone, la délégation assiste au massacre. « Mais que fait Paul ? ! ? ! », s'affole Caspian. « Il a débridé les BDR ! ! », constate Lex. « Paul ! ! ARRÊTE TOUT DE SUITE ! ! Désactive les bracelets ! ! ! », lui hurle Ayoub au téléphone. « *Mais je n'y arrive PAS ! ! !* », répond le superviseur arlequin, à l'autre bout du fil. La horde de passagers stoppe subitement son avancée, spectatrice malgré elle : « Mais qu'est-ce qui se passe ? ! », s'affole-t-elle, voyant les gilets rouges se transformer en feux follets, l'extrémité du bras enflammée, courir dans tous les sens le moignon en feu. Visiblement embarrassé de se retrouver au milieu de ses souffrants collègues au bras braisé, Flash, le saboteur de BDR au bracelet désactivé offre une nouvelle fois une prestation des plus médiocres : « Euh…ah oui, oh, ça fait mal…mon poignet brûle…aïe…euh…mais arrêtez… ». Ce saboteur de talent mais piètre comédien s'écarte ensuite de la scène en marchant à reculons, évitant la collision avec les gilets-moignons. Il disparaît. « On évacue le Roi ! ON EVACUE ! ! », ordonnent dans leur micro de cravate, les officiers de sécurité français. Le pétro-monarque manifeste son refus d'un geste de main et enjoint en anglais sur un ton des plus serein : « Non ! Je reste. Je veux regarder ça… ». Asghar, le tortionnaire du régime, est en transe face à cette scène d'horreur, il jubile devant tant de souffrance. Ordre est alors donné d'évacuer les passagers. Le flux ne transit plus, il se déverse carrément de manière anarchique, il s'étale dans toute la salle de débarquement. Une émeute ! Les passagers arrachent les sangles matérialisant les files pour se presser au contrôle aux frontières. Les gardes du corps renforcent leur cordon de protection autour du roi après que des voyageurs l'eut reconnu sur un : « Mais ? ! Mais c'est une blague ? ! On est accueilli en France à notre sortie d'avion par celui qui veut nous rayer de la carte ? ! », avant de se boucher les oreilles : « Mais faites cesser ces hurlements ! ! ! C'est insoutenable ! ! ! ». « WEUUUUAAAAH ! ! ! ! », continuent d'hurler les gilets rouges, ressentant dans leur chair la combustion des tissus humains. Leur bracelet électrique, après leur avoir attaqué, carbonisé, cuit, séché et effrité la chair autour du poignet fini par leur rôtir et à leur sectionner la veine radiale. Vient maintenant le tour de l'os qui ne résiste pas bien longtemps à ce courant électrique continue à ampérage maximal. Reliées au reste du corps par un filet de chair braisée, les mains pendouillantes finissent par se détacher. Elles tombent. Ouverture des vannes, le sang jaillit des poignets faisant des avant-bras de véritables canons à sang, projetant des éclaboussures du sol au plafond, le sang s'étalant par marre, créant de profondes et larges flaques sur toute la surface du sol. Le rouge domine.

**
*

« Mais...ils perdent leur main ! ! Mais c'est dégueulasse ! ! ! Il y a du rouge partout ! ! », s'horrifient Alexandra et Victor, les colocataires de Paul, assistant en direct sur BFM TV à ces scènes d'horreur d'agents d'accueil amputés.

**
*

« Putain, mais c'est en direct ! ! ! », crie l'urbaine à lunettes, la tête levée vers les écrans fixés au mur. « Ils perdent leur main ! ! Aaaah ça gicle de partout ! Y'a du rouge partout ! ! », crient les clients du bar. « C'est une horreur... », commente Praline, à voix basse, les mains devant la bouche. Les soiffards du fond de taverne, situés trop loin pour se repaitre de ce spectacle télévisuel, activent le mode vidéo de leur smartphone tout en se servant de leur bras comme d'une perche à selfie pour tenter de filmer les écrans : « Poussez-vous, on ne voit rien ! Nous aussi on veut voir ! Laissez-nous filmer ! ».

**
*

« Ils se sont tous fait amputer ! », constatent, horrifiés, les salariés, tous regroupés dans l'open space derrière le PC de Lory, connecté en direct sur BFM TV. « Mais c'est le bor-del ! Regardez, y'a les passagers d'un côté qui tentent de passer le contrôle aux frontières ! Même la police est dépassée ! Et le roi reste planté là, normal ! Y'A DU ROUGE PARTOUT ! ! », commentent-ils en regardant les images. Le patron s'approche de Lory et lui chuchote : « Si certains de ces agents d'accueil survivent, tu pourras t'en servir pour promouvoir les SDS, tu vois l'esprit ? ». « Euh...ouais ouais. Mais là, on va quand même attendre un peu, non ? », répond Lory, peinant à cacher son malaise face à cet opportunisme morbide. « Oui oui, bien sûr. Je te donne juste une base pour ta future com', je me dis que ça peut être pas mal », répond le boss.

**
*

Ce sang sombre et poisseux est si bien répandu qu'il produit un effet assombrissant avec pour conséquence de tamiser la luminosité de cette salle de débarquement habituellement éclairée d'un blanc éclatant grâce à de puissants leds aveuglants. Gisants au sol comme des baleines échouées dans des marres pourpres, poisseuses et séchées, les gilets rouges, face contre sang, amputés, corps et moignons baignant dans ces *hémoglobiques* étangs, laissent échapper à travers leur bouche ouverte et baveuse un mince filet sonore : « Weuuuh...aidez-nous... ».

Un silence de cathédrale a succédé aux hurlements et s'est imposé à toutes les parties spectatrices de ce show électrique. D'un côté, les passagers amassés devant les aubettes de police, de l'autre, située plus en amont, la pétro-délégation, et, plantée devant le couloir de débarquement, inerte, portant le choc et l'effroi sur son doux visage, la CSC dont l'uniforme n'a pu échapper aux giclures *hémoglobiques* des agents d'accueil. Une palpable odeur mêlant le sang rôti à la chair brûlée flotte dans l'air. Cette plainte d'un passager rompt le silence : « Ça pue ! ! », puis le chuchotement larmoyant de Caspian : « On va tous finir en taule...je ne veux pas aller en prison. C'est décidé, je vais faire ma FPA ». « Moi aussi », rebondit Lex, qui rajoute : « Surtout que, une condamnation par la justice suspend notre droit à la FPA. Je vais donc me dépêcher de mourir, quitte à passer par un SDS. Tant pis pour l'image ». « Mais...où est Nathan ? ! », s'affole subitement une mère-passagère, massée devant une aubette du contrôle aux frontières. C'est alors que les regards se tournent au loin vers ce gamin de trois ans oublié au débarquement par ses parents. Une vision attendrissante et rigolote d'un marmot grassouillet et joufflu, doté d'une irrésistible bouille, heureux sur sa planète, auréolé d'un énorme capital sympathie et qui remonte seul le couloir menant à la salle du massacre. Le môme marque ensuite un arrêt au-dessus d'une flaque séchée, se baisse pour ramasser une main, se redresse et continue son chemin en portant à sa bouche la paluche cramée pour mâchouiller innocemment comme il le ferait avec un doudou, les doigts rôtis par le feu électrique. « NATHAN ! ! ! », hurle sa mère, horrifiée. « Hum...bah au moins, comme voulait Caspian, y'a du rouge partout. », ose murmurer Ayoub.

**
*

Une longue table ovale réunissant les maîtres du monde aéroportuaire. Les chefs d'établissement, les sous-chefs d'établissement et autres huiles d'*Aéroport De France.* Certains sont venus accompagnés de leur éminence grise. C'est une spécificité chez ADF, chaque chef d'établissement dispose d'une enveloppe lui permettant de s'offrir les services d'un conseiller de l'ombre, généralement d'anciens pontes du monde aéroportuaire devenus consultants, devenus experts. Mais ce statut de prestataire extérieur ne leur accorde aucune sorte d'immunité, ceux-ci doivent aussi rendre des comptes. Assis en bout de table, Caspian, le plus jeune des chefs d'établissement, la tête baissée comme un gamin qui vient de commettre une énorme bêtise, essuie les charges de ses paires : « C'est une catastrophe ! Une vingtaine d'agents d'accueil mutilés, estropiés, devenus inutiles à la société, parasites et laids ! Qui a envie de vivre avec une main en moins, hein ? ! On va avoir des FPA en série, maintenant ! ». Discrètement sous la table, Caspian tient dans ses mains son smartphone dont il surveille l'écran. Une seule idée le hante, finir derrière les barreaux. Assis en retrait derrière lui, Lex, les yeux également baissés sur l'écran de son téléphone. Les reproches cessent de fuser un court instant, le temps pour Caspian de se défendre timidement d'une voix fluette : « Par chance, aucun de nos agents n'est mort. Leur BDR leur a tranché la main, c'est vrai, mais il a aussi cautérisé les plaies quasi instantanément, c'est ce qui les a sauvé d'une hémorragie ». « Non mais vous rigolez, ils ont été amputés ! En direct sur BFM TV ! On nous appelle les saoudiens, maintenant ! Les agents sont mutilés à vie ! Ils prévoient tous de mettre fin à leur parcours ! Et pour éviter un procès, c'est ADF qui va devoir prendre en charge les frais de leur FPA ! Un accord a déjà été trouvé, avez-vous idée de ce que ça va nous coûter ? ! Et puis, vous connaissez les jeunes et leur excentricité, certains réclament de mourir en Front Truck, d'autres en Slingshot ! Sans compter l'incident diplomatique qu'a créé en plein marasme la présence du roi face aux passagers du Tel-Aviv ! Je ne serai pas étonné de recevoir un coup de fil de l'Elysée ! », s'emporte le doyen d'ADF, assis à l'autre bout de la table. « N'aurait-il pas été moins coûteux d'investir dans une greffe reconstructrice ? J'ai eu vent qu'après le départ de la délégation, un de nos agents d'entretien avait ramassé les mains pour les mettre dans une glacière », intervient un autre chef d'établissement. « L'agent en question a été licencié. Il avait conservé les mains uniquement pour nous les revendre à un prix exorbitant. En gros, il voulait nous faire chanter. Pas d'argent, pas de greffe pour les agents. », répond le doyen. Le CE réitère sa question : « Pardon, mais cela ne répond pas à ma question. N'aurait-il pas été moins couteux pour ADF de payer aux agents une greffe de.. ». « Nous avions déjà comparé ces deux options... », l'interrompt le doyen :

« ...et il s'est révélé qu'offrir aux agents mutilés une FPA est beaucoup moins coûteuse qu'une greffe. Alors, même maintenant, je précise que la chirurgie réparatrice reste une option, mais pour se faire, il faudra piocher dans le budget destiné à la rémunération de vos experts ». Cette dernière phrase soulève un murmure de contestation parmi les consultants présents, soudainement menacés de perdre leur gagne-pain : « Euh...ah non non, c'est beaucoup mieux de leur payer une FPA. Et puis, ça ne sert à rien de vivre avec une main en moins. C'est vrai, mieux vaut mettre fin à son parcours. Vivre amputé, à quoi bon ? ». Un assistant entre dans la salle et s'adresse au doyen avec un téléphone dans la main : « Monsieur, tenez, c'est le secrétariat général de l'Elysée ». « Et merde... », soupire le doyen en prenant le téléphone. Au même moment, résonne dans la pièce une notification sépulcrale : « Libéréééee ! ! Délivréeeee ! ! ». Caspian se lève, révèle à la tablée l'écran de son smartphone connecté sur *Théo* et annonce : « Bon...je vais devoir vous laisser, mon Uber arrive... ». « Vous pouvez désactiver *Théo* et annuler votre FPA, Caspian », lui recommande le doyen après avoir achevé sa conversation téléphonique avec le palais. « Pardon ? », demande le jeune chef d'établissement. « C'était le secrétaire général de l'Elysée. Vous ne serez pas poursuivi, le roi a été très satisfait de sa visite à l'aéroport, il vous a même spécifiquement nommé. Le royaume s'est décidé à acquérir lui aussi la technologie des BDR. Nous venons de remporter un nouveau marché ! Félicitations, Caspian ! », explique-t-il avant de se lever à son tour pour applaudir lentement mais franchement le jeune chef d'établissement en laissant un intervalle d'une seconde entre chaque frappement de main. Les membres de la communauté ADF imitent le doyen dans la posture et dans le geste. Ils se lèvent. Ce qui a commencé comme un applaudissement individuel de congratulation paternelle se transforme en une collective et interminable *standing ovation* corporatiste et fraternelle.

**
*

Les services de renseignement occidentaux l'avaient déjà identifié comme « proche parent du roi ». Son cousin, plus précisément. Petit de taille, un regard de lapin crétin et un sourire de Maximonstre. Un gnome dont on devine à l'expression du visage qu'il est un débile profond mentalement déficient. Il accompagne le roi dans tous ses déplacements. « C'est de la provocation », peste dans un chuchotement, ce conseiller de l'Elysée en regardant se balancer cette main d'agent d'accueil que le débile porte en collier autour du cou. « Les caméras de surveillance de l'aéroport montrent ce malade ramasser cette main et la fourrer dans sa poche », commente dans un murmure, par souci de discrétion, le sherpa du Président français, écœuré.

Le pétro-monarque achève sa visite d'Etat par une ultime entrevue avec son homologue au Palais de l'Elysée. Confortablement installé dans le Salon Murat dans un fauteuil Louis XVI, sous l'œil des Fragonard, le roi s'adresse au Président d'un ton railleur. Ils dialoguent en anglais : « Monsieur le Président, j'avais lu dans la presse que vous aviez déclaré vouloir me faire la leçon au sujet des Droits de l'homme, notamment sur le sort des voleurs à qui l'on coupe la main ? », lui balance à la face, le pétro-monarque. Les membres de sa cour également présents, le cousin débile, le sherpa, l'interprète et Asghar qui a revêtu son uniforme de colonel, peinent à contenir un début de fou rire. On les entend hennir comme le moteur d'une bagnole qui peine à démarrer : « Pfrfrrfrf... ».

Les quatre vassaux royaux se font violence pour ne pas exploser de rire à la face du Président français qui ne lâche pas du regard cette main qui pend autour du cou du Maximonstre. Un macabre artefact exposé comme un trophée à but humiliant. « Ils se foutent carrément de notre gueule », peste une seconde fois, le conseiller du président français. Le chef de l'état tricolore se lève, agacé : « Je transmettrai à notre ambassadeur les termes du contrat concernant le transfert de technologie des BDR. Je vous raccompagne », conclut-il. Ils quittent le salon et marchent jusqu'au perron. Le roi monte dans son véhicule placé en milieu de cortège, suivi du colonel Asghar et du cousin débile. « Mais quel enfoiré... », murmure le président français en regardant le cortège quitter le palais. « Nous n'avons pas le choix, Monsieur le Président. Ils nous tiennent par le fio.. ». « Par le fioul, je sais, je connais l'expression. Merci », l'interrompt sèchement, le chef de l'état.

C'est à travers les vitres teintées de son véhicule blindé que le pétro-monarque regarde défiler les rues et les habitants de la capitale : « Ces gens ont cessé de vivre le jour où ils se sont soumis sans révolte à ce modèle de société fondé sur la mort. La FPA. Téléphones portables, applications, divertissements et stimuli numériques. Tout est vécu et consommé par ces zombies pour se sentir encore en vie... », murmure-t-il. « Mon Roi ? », ose l'interroger le colonel Asghar dans le but de saisir le sens de ses propos. Le monarque tourne alors sa tête vers son tortionnaire en chef et assène comme ultime conclusion : « Spirituellement, les peuples occidentaux sont déjà morts, et ils n'en ont même pas conscience. ».

Le berger allemand
(Première partie)

Dans cette geôle souterraine sombre et humide renforcée par d'épais murs de béton, l'homme est nu, agenouillé contre un baril de pétrole. La position du supplicié a été surélevée face au baril de manière à ce que la pliure de son bas-ventre lui permettant de se pencher vers l'avant colle à la tranche courbée de ce glacial réceptacle en métal. L'avant des cuisses est collé au fût, le torse est allongé sur le plateau, les bras sont tendus vers l'avant. Le cordage est ingénieux. Solidement attaché, l'air d'offrir au baril une ultime étreinte, l'homme ne peut effectuer le moindre geste, ni se débattre. Seul le hurlement lui est permis.

Une allure de bon père de famille. Les cheveux courts rangés sur le côté, légèrement bedonnant à l'approche de la cinquantaine, physique ramassé et taille moyenne, le colonel Asghar, un câble électrique à la main, regarde ce jeune commerçant d'un œil mauvais. Sa bouche de travers souligne le caractère belliqueux de sa lèvre qui découvre sa canine. Il y a quelque chose d'un peu *chien* chez le colonel, il y a quelque chose de très canin chez ce personnage cruel qui fume sa cigarette la main ouverte en étoile de mer, les doigts complètement écartés, la clope fixée au fond de ce vallon de chair creusé entre les articulations de l'index et du majeur. Il porte sa main jusqu'à sa bouche, tire une bouffée et crie à ce jeune homme au dos lacéré par de larges zigzag de plaies saignantes, brûlantes et fraîches : « Tu as aidé la fille à sortir du pays, sale chien ! ! De toute façon, nous allons retrouver sa trace, ce n'est qu'une question de temps ! Alors, épargne-toi des souffrances inutiles, ET PARLES ! ! OÙ EST DIHYA ? ! ». Le supplicié garde le silence. Câble à la main, Asghar lève le bras et le fouette pour la centième fois, ouvrant à un nouvel endroit du dos une large entaille sur cette peau tuméfiée devenue mauve. Chaque coup porté au supplicié offre au colonel une micro jouissance, un début d'orgasme éjaculatoire qui lui chatouille le périnée. « R' TPOUH ! ! Sale chien ! », lui crache-t-il. Une injonction de garde-à-vous résonne soudainement dans le couloir et traverse la porte en acier, puis des bruits de bottes qui se rapprochent de la geôle. La porte s'ouvre. « Mon Roi », s'agenouille le colonel, en signe d'allégeance. Le pétro-monarque est accompagné par deux gardes et un médecin. « Relève-toi, habibi ! », ordonne le monarque. « Mon Roi », obéit le colonel.

— Ce chien ne parlera pas. Il ne nous dira rien sur la fille, *dit le roi en désignant le supplicié.* Mais fais-le hurler le plus longtemps possible. Sa souffrance, puisse-t-elle être éternelle !

— Mon roi, *lui affirme Asghar.*

— Je veux qu'il souffre ! Il ne doit PAS mourir !

— Mon roi, *lui assure le colonel.*

— Ne me déçois pas, habibi. Ne-me-dé-çois-pas !

— Mon roi, *lui promet le tortionnaire.*

Désignant du menton le médecin qui l'accompagne, le monarque ordonne au colonel : « Majid Amalak El Khalif Ababa va rester avec toi pour s'assurer que ce chien ne meurt pas trop vite », avant de jeter un dernier regard vers le supplicié et de cracher : « R' TPOUH ! ! ». Sa majesté repart ensuite avec ses gardes, la lourde porte en acier se referme sur eux. Le colonel voit d'un mauvais œil la présence de ce médecin. Un espion, en réalité. Un espion traître et sournois. Asghar se sent infantilisé, diminué par la présence de cette vermine de chaperon qui n'a d'autre but que de le fliquer. Le roi mettrait-il en doute la capacité de son tortionnaire en chef à faire durer les affres d'un supplicié ? La présence de ce chaperon est ressentie comme une humiliation, Asghar accepterait plus facilement la présence du cousin débile, le Maximonstre et son collier de main cramée. « Rend-toi utile...et amène les chiens ! », ordonne-t-il au médecin avant d'enfiler une paire de gants en caoutchouc pour les plonger dans un sceau de graisse mécanique noire et pâteuse et de s'en enduire jusqu'aux poignets. Majid Amalak El Khalif Ababa place son orgueil de côté et exécute l'injonction de celui qu'il considère comme un misérable cancrelat incapable de servir l'intérêt commun, la satisfaction du monarque. Il se déplace vers un coin de la geôle où ont été calées deux cages renfermant deux bergers allemands. N'ayant eu aucune difficulté à saisir et attacher ces deux bêtes jusqu'alors dociles et endormies, le médecin lutte maintenant pour maintenir provisoirement à bonne distance du supplicié, ces deux morceaux désormais excités et enragés. Il tire de toutes ses forces sur l'unique corde qui attache les deux molosses. « Prépare les chiens ! ! », lui hurle Asghar. « Je...je les tiens... », répond le médecin. « Prépare les chiens ! MASTURBE-LES ! ! ! », hurle le colonel avant de se placer au-dessus du supplicié pour lui étaler sur le fessier, jusqu'au plus profond de sa rigole, la graisse mécanique qui fera de l'horreur qui va suivre une expérience plus humiliante que douloureuse. Le prisonnier comprend immédiatement ce qui va pénétrer en lui, il se met à hurler, à supplier, tentant vainement de se défaire de l'emprise de ses liens. Le médecin donne du mou aux deux chiens dont il a préalablement durcis de ses mains, leur douze centimètres de chair canine. Les deux bergers allemands s'approchent du jeune homme qui rempli la geôle par des hurlements glaçants et qui s'arrêtent brutalement au moment où il se met à convulser violemment sur son baril pour finir inerte, inanimé. Le calme revient si soudainement dans la geôle qu'il enjoint même aux chiens de cesser d'aboyer. Ces derniers stoppent leur avancement et retournent tranquillement dans leur cage. « Mais ? ! », s'étonne Asghar. Le médecin se précipite et s'agenouille à côté du prisonnier pour l'ausculter : « Il est mort ! Il a fait une crise cardiaque ! ». « Mais...je.. », panique Asghar. « Le roi ne te le pardonnera jamais ! SALE CHIEN ! CANCRELAT ! CLITORIS D'ÂNE ! R' TPOUH ! ! », l'insulte le doc qui se relève pour foncer vers la porte en acier. Asghar le rattrape juste avant qu'il ne saisisse la lourde poignée, il l'agrippe par le col et le jette en arrière ! Le médecin s'explose le dos contre le sol, amortissant au mieux sa chute par ses coudes et son coccyx. Le tortionnaire du régime fond littéralement sur lui, l'agrippant cette fois par la tignasse au-dessus de la nuque, lui ouvrant la bouche de force, formant un poing avec son autre main, reculant son bras pour prendre un maximum d'élan avant de lancer sa paluche transformée en gourdin en direction de son visage. L'arcade dentaire de Majid Amalak ne résiste pas à l'impact des phalanges d'Asghar. Loin de vouloir s'arrêter là, le colonel lui enfonce carrément son poing à l'intérieur de la bouche jusqu'à lui disloquer la mâchoire inférieure, il poursuit férocement ce geste d'enfoncement profond qui est similaire à celui qu'on réalise lorsqu'on fourre le cul d'une dinde pour les fêtes de Noël. Il franchit un premier palier en atteignant la pomme d'Adam, enfonce son poing plus puissamment. Poursuivant ce *fist mousing* jusqu'à l'avant-bras, le cartilage du larynx et de la trachée se brise sur un son de gobelet froissé, jaillissent de la gorge de ce second supplicié, des giclures de sang et de gerbe dont le colonel se protège en tournant la tête sur le côté, fermant les yeux et la bouche comme des écoutilles, protégeant au maximum ses orifices de ces projections organiques. Quelques jets de fluide parviennent à lui chatouiller les oreilles, il secoue la tête pour décoller ces éclaboussures, dégouté. Il achève dans un dernier effort son forage buccale, gutturale puis intestinal en enfonçant jusqu'au coude son bras à l'intérieur du médecin pour s'emparer d'une poignée de tripes qu'il lui retire du fond de ses entrailles. À genoux, les bras le long du corps, la mâchoire inférieure disloquée, les yeux révulsés, le médecin tombe face contre sol. Majid Amalak El Khalif Ababa s'éteint dans un ultime gargouillis. « R' TPOUH ! ! », lui crache Asghar qui n'éprouve aucune difficulté à imaginer le sort qui lui sera bientôt réservé. Le tortionnaire du régime a faillit à sa mission. Il est désormais celui qui a trahi. Le roi n'aura aucune pitié, il le fera dépecer vivant...pour commencer. Le colonel ouvre la main et laisse tomber au sol son visqueux butin, il s'éloigne de cette scène d'horreur, lentement à reculons. La fuite, l'exil, apparaissent pour lui comme une évidence.

Une cavale rendue possible dans un premier temps grâce à l'absence de gardes postés devant l'entrée de la geôle. Puis, avec un bon réseau, du talent et de l'argent, quitter le royaume en infiltrant le flux migratoire en direction de l'Europe pour espérer rejoindre le pays des droits de l'homme, de la libre disposition des corps et du culte du sépulcre. Le pays où *le vivre à tout prix* a été ringardisé, le pays où la mort se consomme de façon désinhibée, le pays où la Fin de Parcours Assumée s'exécute de manière décomplexée. Bref, tenter sa *chance pour la France.*

Fin de la première partie

Table des matières

Dépôt légal juillet 2023

Librinova

www.librinova.com

Achevé d'imprimer chez SoBook le 28-07-2023

Linselles - France

N° impression : 855 568